행복의 건축

행복의 건축

The Architecture
of Happiness

알랭 드 보통

정영목 옮김

청미래

THE ARCHITECTURE OF HAPPINESS

by Alain de Botton

역자 **정영목**
서울대학교 영문학과를 졸업하고 동대학원을 졸업했다. 현재 이화여자대학
교 통번역대학원 교수로 재직하며 전문 번역가로 활동하고 있다. 지은 책으
로 『완전한 번역에서 완전한 언어로』, 『소설이 국경을 건너는 방법』이 있고,
도서출판 청미래에서 번역, 출간한 책으로는 『왜 나는 너를 사랑하는가』, 『공
항에서 일주일을』, 『슬픔이 주는 기쁨』, 『여행의 기술』 등이 있다.

행복의 건축

저자 / 알랭 드 보통
역자 / 정영목
발행처 / 도서출판 청미래
발행인 / 김실
주소 / 서울시 용산구 서빙고로 67, 파크타워 103동 1003호
전화 / 02 · 739 · 1661
팩시밀리 / 02 · 723 · 4591
홈페이지 / www.cheongmirae.co.kr
전자우편 / cheongmirae@hotmail.com
등록번호 / 1-2623
등록일 / 2000. 1. 18
초판 1쇄 발행일 / 2011. 8. 10
제2판 1쇄 발행일 / 2023. 5. 3
       2쇄 발행일 / 2024. 8. 26

값 / 뒤표지에 쓰여 있음

ISBN 978-89-86836-89-9 03840

샬럿에게

차례

1

가로수가 늘어선 거리의 한 테라스하우스. 조금 전까지만 해도
이 집에서는 아이들의 외침과 어른의 목소리가 울려퍼졌다. 그
러나 두세 시간 전 남아 있던 마지막 사람마저 (작은 가방을 들고)
떠나자, 이 집은 홀로 아침을 음미하게 되었다. 맞은편 건물의
박공벽 위로 떠오른 태양은 지금 1층 창문을 통해서 밀려들어와
안쪽 벽을 버터 빛깔의 노란색으로 물들이며, 입자가 거친 붉은
벽돌로 이루어진 전면을 따뜻하게 달군다. 빛의 줄기 속에서 혈
소판 같은 먼지들이 소리 없는 왈츠의 박자를 따라서 움직인다.
현관에서는 몇 블록 떨어진 곳에서 가속 페달을 밟는 차량들이
낮게 웅얼거리는 소리가 들린다. 가끔 우편함이 귀에 거슬리는
소리를 내며 입을 열고 서글픈 느낌을 주는 전단을 받아먹는다.
　집에서는 공허를 즐기는 표시가 나타난다. 밤을 보낸 후에 자
신을 재정리하고, 파이프를 청소하고, 관절을 꺾어본다. 이 위엄
있고 경험 많은 생물은 구리 혈관과 나무 발을 흙바닥 속에 찔러
넣은 채 많은 것을 견뎌왔다. 정원 옆구리에서 튀기는 공, 성이 나
서 큰소리를 내며 닫히는 문, 복도에서 아이들이 시도하는 물구나
무, 전기 설비의 무게와 한숨, 미숙한 배관공의 내장 탐사. 그 안
에서는 4인 가족이 비바람을 피한다. 그 기초基礎 주위에는 개미
떼도 함께 살고, 봄이면 굴뚝으로 울새도 살러 온다. 정원 벽에 기
대는 연약한 (또는 그냥 게으를 뿐인) 스위트피에게 어깨를 빌려주기
도 하고, 정신없이 돌아다니는 벌들과 어수선한 연애에 빠지기도
한다.
　집은 식견을 갖춘 증인으로 성장했다. 집은 연애가 시작될 때

에도 관여했으며, 숙제를 하는 것도 지켜보았고, 포대기에 폭 싸인 아기가 병원에서 막 도착하는 광경도 지켜보았으며, 한밤중에 부엌에서 소곤거리며 나누는 이야기에 깜짝 놀라기도 했다. 창문이 언 콩이 담긴 자루처럼 차가웠던 겨울 저녁도 겪었으며, 벽돌 벽이 새로 구운 빵의 온기를 간직하던 한여름의 어스름도 겪었다.

집은 물리적일 뿐만 아니라 심리적인 성소가 되었다. 집은 정체성의 수호자였다. 오랜 세월에 걸쳐 그 소유자들은 밖으로 떠돌던 시절을 끝내고 돌아와 주위를 둘러보며 자신이 누구인지 기억했다. 1층의 판석들은 고요와 노년의 품위를 이야기한다. 반대로 부엌 진열장의 규칙성은 위협적인 느낌은 주지 않는 질서와 규율의 모범이다. 커다란 미나리아재비가 인쇄된 매끈한 탁자보가 덮인 식탁은, 그 옆의 엄격해 보이는 콘크리트 벽 때문에 더 장난스러워 보인다. 층계를 따라 걸려 있는, 달걀과 레몬을 그린 작은 정물화들은 일상적인 것들의 복잡함과 아름다움으로 관심을 유도한다. 창턱 유리 항아리에 꽂힌 수레국화는 우울의 흡인력에 저항하도록 힘을 보태준다. 위층의 텅 빈 좁은 방은 회복을 꿈꾸는 생각들이 부화하는 공간이다. 그 천창은 크레인과 굴뚝 위를 빠르게 움직이는 초조한 구름들을 향해 열려 있다.

이 집이 거주자들의 수많은 병들을 치료해줄 수는 없겠지만, 그럼에도 그 방들은 행복의 증거를 보여준다. 이 행복에 건축은 그 나름의 방식으로 기여했다.

2

그러나 건축에 대한 관심은 의심으로부터 자유로웠던 적이 없다. 이 주제의 진지성, 그 도덕적 가치, 그 비용에 관하여 의문이 제기되었다. 세상에서 가장 지혜로운 사람들은 장식과 설계에 관심을 가지는 것을 경멸하면서, 대신 눈에 보이지 않는 무형의 것들에 만족할 것을 강조했다. 그런 사람들의 수가 너무나 많아 건축에 대한 우리의 관심을 다시 생각해보아야 할 정도이다.

고대 그리스의 스토아학파 철학자 에픽테토스는 집이 불에 타버려 잿더미가 되어 상심한 친구에게 이렇게 말했다고 한다. "자네가 우주를 지배하는 것이 무엇인지 진정으로 이해한다면, 어찌 돌조각들과 예쁜 바위를 갈망할 수 있겠는가?" (이 우정이 그후로도 오래 지속되었는지는 알려져 있지 않다.) 기독교의 은자隱者 알렉산드라는 하느님의 목소리를 들은 뒤에 집을 팔고 무덤에 들어간 후에는 다시는 바깥세상을 보지 않았다는 전설이 있다. 마찬가지로 은자였던 스케테의 파울루스는 창문도 없는 진흙 오두막의 바닥에 담요를 깔고 누워 자면서도, 매일 기도문 300개를 암송하며 만족스럽게 살았다. 그는 딱 한 번 괴로워한 적이 있었는데, 그것은 다른 성인이 하루에 기도문 700개를 암송하며 관에 들어가 잔다는 이야기를 들었을 때였다.

이런 금욕은 역사에 늘 존재했다. 1137년 봄 시토 수도회의 수사 클레르보의 성 베르나르는 제네바 호숫가까지 여행을 했음에도 호수가 거기에 있다는 사실조차 몰랐다. 그는 수도원에서 4년을 보낸 뒤에도 식당의 천장이 둥근지(둥글다), 그의 교회의 성소에 창문이 몇 개나 있는지(3개이다) 몰랐다. 성 베르나르는 도피네의 수도원을 찾아갔을 때 그가 공언하던 금욕적 가치와 정면으로 어긋나는 멋진 백마를 타고 도착하여 주인들을 놀라게 했다. 그러나 그는 부유한 숙부에게서 빌린 이 말을 타고 나흘간이나 프랑스를 가로질렀음에도 그 말의 생김새나 색깔은 기억도 하지 못했다.

3

그럼에도 불구하고 시각적 경험을 경멸하는 그런 단호한 노력에는 항상 우아한 목적을 위해서 물질세계를 꾸미려는 집요한 시도들이 짝을 이루어왔다. 사람들은 대들보에 꽃을 조각하며 등을 혹사하고, 탁자보에 동물을 장식하며 눈을 혹사한다. 사람들은 주말 나들이를 포기하고 선반 뒤로 보기 흉한 전선들을 감추는 일을 하며, 부엌에 적당한 작업대를 설치하는 문제를 놓고 신중하게 궁리를 한다. 잡지에 나온 집, 너무 비싸서 도저히 손에 넣을 수 없는 집에서 사는 상상을 하다가 이내 슬픔을 느끼곤 한다. 혼잡한 거리에서 매혹적인 낯선 사람을 지나칠 때처럼 말이다.

우리의 마음 한구석에는 우리의 감각을 무시하고 환경에 우리 자신을 무디게 만들고자 하는 충동이 있다. 또 한구석에는 우리의 정체성이 어느 정도는 우리가 있는 환경과 지울 수 없이 연결되어 있으며 그것에 따라 변화한다는 점을 인정하고자 하는 충동이 있다. 우리는 이 모순되는 두 충동 사이에서 분열되어 있는 것 같다. 누군가의 지저분한 방을 보면, 평소 그 사람의 생활에 관해서 품고 있던 어렴풋한 의심이 그대로 굳어버릴 수 있다. 반대로 꿀 색깔의 석회석으로 둘러싸인 햇빛이 잘 드는 방은 우리의 가장 큰 희망을 뒷받침해줄 수 있다.

건축의 의미에 대한 믿음은 장소가 달라지면 나쁜 쪽이든 좋은 쪽이든 사람도 달라진다는 관념을 전제로 한다. 여기에서 우리의 이상적인 모습을 우리 자신에게 생생하게 보여주는 것이 건축의 과제라는 신념이 생긴다.

4

우리는 가끔 환경의 영향에 열심히 찬사를 보낸다. 체코 공화국의 어느 집 거실에서 우리는 벽, 의자, 바닥이 조화를 이루어 이런 곳에서라면 우리의 가장 좋은 면들이 꽃을 피우겠구나 하는 느낌을 받기도 한다. 우리는 방 하나가 얼마나 큰 힘을 발휘할 수 있는지 놀라면서, 감사하는 마음으로 그 힘을 받아들인다.

그러나 건축에 민감하면 그 나름으로 문제가 생긴다. 방 하나가 우리의 기분을 바꿀 수 있다면, 우리의 행복이 벽의 색깔이나 문의 형태에 달려 있다면, 우리가 어쩔 수 없이 보고 살아야 하는 대부분의 장소에서는 우리에게 무슨 일이 일어날까? 감방 같은 창이 달려 있고, 더러운 카펫 타일이 깔려 있고 지저분한 비닐 커튼이 걸려 있는 집에서 우리는 무엇을 경험하게 될까?

괴로움이 영영 우리를 떠나지 않을 가능성을 차단하기 위해서 주위의 모든 것에 눈을 질끈 감아버릴 수도 있다. 우중충한 얼룩과 금이 간 천장, 박살난 도시와 녹이 스는 조선소를 멀리 떠나서는 살 수가 없기 때문이다. 우리 마음대로 바꿀 수 없는 환경을

건축은 우리의 이상적인 모습을 생생하게 보여줄 수 있다:
미스 반 데어 로에, 식당, 투겐타트 별장, 체코 브르노, 1930년.

늘 의식하면서 평생을 살아갈 수는 없다. 따라서 결국 그럴 여유가 있는 만큼만 환경을 의식하게 된다. 스토아학파 철학자나 제네바 호숫가의 성 베르나르의 태도를 본받아, 궁극적으로 건물이 어떤 모양인지, 천장에 무엇이 있는지, 벽을 어떻게 처리하든지 별 상관이 없다고 주장할 수도 있다. 이런 거리감의 고백은 아름다움을 느끼지 못해서가 아니라, 아름다움이 부재하는 곳에 우리 자신을 완전히 열었을 때 마주하게 될 슬픔을 비껴가고 싶은 마음에서 나온다.

5

위대한 건축물을 창조하려는 야망을 의심할 이유는 부족하지 않다. 건축물들은 그들을 짓는 일에 들어가는 노력을 드러내는 경우가 드물다. 그들은 파산, 지연, 자신들이 일으키는 공포와 먼지에 관해서는 수줍게 입을 다문다. 냉담한 외관은 자주 거론되는 그들의 매력적 특징의 하나이다. 건축물을 직접 지어볼 때에만 우리는 재료와 다른 인간들이 우리의 설계와 협력하도록 설득하는 일, 두 장의 유리가 깔끔한 선으로 만나 결합하게 하는 일, 등이 층계 위에 대칭으로 걸리도록 하는 일, 필요할 때 보일러가 켜지게 하는 일, 콘크리트 기둥들이 지붕과 불평 없이 결혼하게 하는 일과 관련된 괴로움을 알 수 있다.

목표를 달성했다고 해도 건축물들은 슬프게도 빠른 속도로 다시 와해되는 경향이 있다. 새로 장식한 집에 들어가면 당장이라도 퇴락이 시작될 듯하여 지레 슬퍼지곤 한다. 벽은 얼마나 빨리 금이 갈까, 하얀 가구는 얼마나 빨리 노래질까, 카펫은 얼마나 빨리 더러워질까. 고대 세계의 폐허는 건축업자가 일을 빨리 마무리해주기를 기다리는 건축주를 조롱하며 교훈을 던져준다. 폼페이의 집주인들도 한때는 무척이나 자랑스러워했겠지.

지크문트 프로이트는 「덧없음에 관하여」(1916)라는 에세이에서 시인 라이너 마리아 릴케와 함께 이탈리아의 백운암 산맥을 산책하던 일을 회고한다. 아름다운 여름날이었다. 꽃들이 만발하고 초원 위에서는 화려한 색깔의 나비들이 춤을 추었다. 이 정신분석학자는 야외에 나와 기뻤다(그 주일 내내 비가 왔다). 하지만 그의 동무는 고개를 푹 숙이고 땅만 보며 걸으며, 산책하는 내내 말이 없었다. 릴케가 주변의 아름다움을 몰랐던 것은 아니다. 다만 모든 것이 영원하지 않다는 사실을 지나칠 수가 없었을 뿐이다. 프로이트의 말을 빌리면, 릴케는 "이 모든 아름다움이 소멸할 운명이라는 것, 겨울이 오면 사라진다는 것, 인간의 모든 아름다움과 인간이 창조했거나 창조할 아름다움도 그와 마찬가지라는 것"을 잊을 수가 없었다.

프로이트는 릴케에게 공감하지 않았다. 그에게는 아무리 곧 스러질 것이라고 하더라도 뭔가 매력적인 것을 사랑하는 것이야말로 심리적 건강성의 증표였다. 그러나 릴케의 입장은 비록 불편하기는 하지만, 아름다움에 가장 깊이 사로잡힌 사람들이 특히 아름다움의 덧없는 본질을 의식하고 또 그것 때문에 슬퍼할 수 있다는 점을 또렷하게 보여준다. 그런 우울한 열광자들은 커튼 조각에서 좀이 먹은 구멍을 보고, 설계도에서 폐허를 본다. 그들은 부동산업자가 보여준 집만이 아니라 도시와 문명 전체가 곧 벽돌

조각들로 박살이 나서 바퀴벌레만 의기양양하게 기어다닐 것임을 깨닫고 막판에 계약을 포기할 수도 있다. 그들은 자신이 사랑하는 대상이 서서히 무너져가는 꼴을 보고 싶지 않은 마음에 차라리 방 하나를 빌려 살거나 통 속에 들어가 살 수도 있다.

반대로 건축을 향한 열정이 극에 달하면 유미주의자가 될 수도 있다. 박물관 경비원처럼 눈을 부릅뜨고 집을 살피거나, 젖은 걸레나 스펀지를 손에 들고 얼룩을 찾아 방마다 순찰을 해야 직성이 풀리는 괴상한 인물이 될 수도 있다는 것이다. 유미주의자는 어린아이들과 친해지는 것을 포기할 수밖에 없다. 친구들과 식사를 할 때는 혹시 누가 무심결에 머리를 뒤로 기대 벽에 자국을 남기지나 않을까 안달하느라 식탁에서의 대화는 흘려들을 수밖에 없다.

강건한 정신으로 어쩌다가 생긴 흠 같은 것에는 별 의미를 부여하지 않으면 유쾌할 것이다. 그러나 유미주의자들은 행복이 가끔은 지문의 존재나 부재에 달려 있는 것은 아닌지, 어떤 상황에서 미美와 추醜는 그 거리가 불과 몇 밀리미터밖에 되지 않는 것은 아닌지, 하나의 자국이 벽을 망치거나 제멋대로 나간 붓질이 풍경화 전체를 쓸모없는 것으로 만드는 것은 아닌지 생각해보도록 강요한다. 그러나 이런 민감한 정신을 가진 사람들이 극적인 정직성으로 우리에게 경쟁하는 가치들 사이의 진정한 대립 가능성을 보여주는 것에 감사해야 할지도 모른다. 예를 들면 아름다운 건축에 대한 애착과 풍성하고 애정이 넘치는 가족생활의 추구 사이의 대립 같은 것을 말이다.

만족을 얻고 싶다면 언젠가 용암으로 덮이거나 허리케인에 날아가버릴 것들, 초콜릿 얼룩에 더럽혀지거나 포도주 방울을 빨아들일 수도 있는 것들에는 마음을 두지 말라고 말해준 고대의 철학자들은 얼마나 지혜로웠던가.

6

건축은 또한 당혹스럽기도 하다. 자신에게 행복을 만들어낼 능력이 있으니 관심을 가져달라고 하면서도, 그 능력은 일관되게 발휘되지 않기 때문이다. 매력적인 건축이 가끔 상승하는 기분을 부추기기도 하지만, 가장 마음에 맞는 장소도 우리의 슬픔이나 염세를 덜어주지 못할 때가 있기 때문이다.

우리의 발밑에 먼 나라의 채석장으로부터 수입된 돌바닥이 깔려 있을 때도, 훌륭하게 조각된 창틀이 마음을 안정시키는 회색으로 칠해져 있을 때에도, 우리는 불안과 질투를 느낄 수 있다. 우리 내부의 메트로놈은 샘을 파거나 떡갈나무를 대칭으로 기르려는 일꾼들의 노력에는 조금도 감명을 받지 않을 수도 있다. 우리는 제프리 바와나 루이스 칸이 지은 건축물 안에서도 아내와 별것 아닌 일로 말다툼을 벌이다가 이혼하자고 협박을 할 수도 있다. 집은 어떤 기분을 함께 느껴보자고 권유하지만, 우리 자신은 그런 느낌에 도저히 공감하지 못할 수도 있다. 가장 고귀한 건축이 때로는 낮잠이나 아스피린만큼의 역할도 하지 못할 수 있다.

건축미를 필생의 업으로 삼는 사람들은 자신들의 노력이 헛될 수 있다는 사실을 잘 안다. 존 러스킨은 베네치아의 건축을 꼼꼼하게 연구한 뒤에 우울하면서도 명료한 정신으로, 세계에서 가장 아름다운 도시 태피스트리라고 할 만한 베네치아에서 사는 사람들 가운데 이 도시 덕분에 마음이 고결해진 사람은 거의 없는 것 같다고 인정했다. 그곳 사람들은 산마르코 대성당(러스킨은 『베네치아의 돌』에서 이 건물을 "양피지 대신 설화석고로 장정하고, 보석 대신 반암斑岩 기둥을 박고, 안팎에 에나멜과 황금 글자를 적은 기도서, 화려하게 장식된 거대한 기도서"라고 묘사했다) 옆에서 카페에 앉아 신문을 읽고, 일광욕을 하고, 말다툼을 하고, 서로 훔친다. 그러는 동안에도 눈에 잘 띄지 않는 성당 지붕의 높은 곳에 있는 "그리스도와 그의 천사들의 조각상이 그들을 굽어보고 있다."

건축이 부여받은 힘은 신뢰할 수 없고, 또 종종 말로 표현할 수도 없기 때문에, 늘 인류 자원에 대한 공리적인 요구와 힘겹게 경쟁하기 마련이다. 볼품없기는 하지만 그런 대로 쓸 만한 도로를 부수고 재건하는 데에 돈을 쓰자고 주장하는 것은 얼마나 힘든 일인가. 더 분명한 요구를 앞에 두고 비뚤어진 가로등을 바로잡거나 짝이 맞지 않는 창틀을 교체하는 일이 주는 혜택을 옹호한다는 것은 얼마나 거북한 일인가. 아름다운 건축에는 예방 백신이나 밥 한 그릇과 같은 명명백백한 이점이 없다. 따라서 그것은 정치적 우선순위에서 절대 맨 앞에 서지 못할 것이다. 혹독한 노력과 희생으로 인간이 만든 세계 전체가 산마르코 광장과 견줄 만하게 설계된다고 해도, 우리가 여생을 빌라 로톤다나 글라스 하우스에서 보낼 수 있다고 해도, 우리는 걸핏하면 언짢은 기분에 빠져들 수 있기 때문이다.

행복의 건축

이런 멋진 곳에서도 우리는 걸핏하면 언짢은 기분에 빠져들 수 있다:
필립 존슨, 글라스 하우스, 미국 코네티컷 주 뉴케이넌, 1949년.

아름다운 집은 행복을 확실하게 보장해주지 못하고 주춤거릴 뿐만 아니라, 그 안에서 사는 사람들의 성격도 개선하지 못한다는 비난을 받을 수 있다.

사람은 자신의 마음이 끌리는 건축물의 특질을 어느 정도는 스스로 소유하고 있지 않을까? 정으로 불규칙하게 깎은 돌에 연한 회반죽을 발라서 쌓은 담을 두른 오래된 농장에 매력을 느끼는 사람이라면, 손으로 장식한 타일에 비치는 촛불의 장난을 감상할 줄 아는 사람이라면, 바닥에서 천장까지 달콤한 먼지 냄새를 풍기는 책들로 가득한 도서관에 유혹을 느끼는 사람이라면, 바닥에 누워 복잡한 투르크멘 바닥깔개의 매듭이 있는 가장자리를 더듬으며 만족을 느끼는 사람이라면, 각기 인내와 안정에 관해서, 부드러움과 달콤함에 관해서, 지성과 세속성에 관해서, 회의와 신뢰에 관해서 뭔가 아는 사람이라고 생각하게 된다. 그렇게 열광하는 사람은 자신이 높이 평가하는 대상에 구현된 가치를 자신의 온 삶 속에 녹여내려고 노력할 것 같다.

그러나 미美와 선善이 이론적으로는 얼마나 가까운지 몰라도, 실제로는 농가와 오두막집, 저택과 강변의 아파트가 헤아릴 수 없이 많은 압제자와 살인자, 사디스트와 속물, 다시 말해서 자신의 환경에 표현된 특질과 삶에 표현된 특질 사이의 불일치에 냉혹한 무관심을 드러내는 인물들의 생활 터전 노릇을 해왔다는 사실은 부정할 수 없다.

중세의 경건한 그림들은 슬픔과 죄를 일깨우려고, 오만과 세속적인 일을 멀리하게 하려고, 삶의 신비와 곤경 앞에서 겸허한 자세

아름다운 집의 도덕적 무능:
헤르만 괴링(하얀 옷)이 집에서 프랑스 대사를 만나고 있다. 오른쪽은 뷔유맹 장군과 밀히 장군이다. 벽에는 「성 마가레테와 도로테아」, 독일(15세기), 루카스 크라나흐의 「루크레티 아」(1532)가 걸려 있다.

를 갖추게 하려고 노력한다. 그러나 그들은 살육자들이 집사가 들고 다니는 접시에서 음식을 손으로 집어 먹으면서 다음 행동 계획을 짜는 것을 보면서도 벽에 걸린 채 아무런 항의를 하지 않는다.

건축에는 도덕적 메시지가 담겨 있을 수도 있다. 다만 그것을 강요할 힘이 없을 뿐이다. 건축은 법을 만드는 대신 제안을 한다. 우리에게 그 정신을 모방하라고 명령하기보다는 권유하며, 자신이 악용되는 것을 막지는 못한다.

건축이 은근하게 건네는 조언을 우리 자신이 존중하지 못하는 것을 두고 건축을 탓하지 않는 정도의 예의는 지켜야 하지 않을까.

8

건축을 수상쩍게 보는 태도의 중심에는 결국 현실주의라는 관점에서 보았을 때 건축을 옹호하는 주장들이 변변치 못하다는 사실이 있다. 아름다운 건물을 숭배하는 것은 드높은 야망으로 보이지 않는다. 그렇게 하면 행복해질 것이라는 희망도 품기 힘들다. 적어도 과학적인 매듭을 풀거나 사랑에 빠지는 것, 재산을 모으거나 혁명을 주도하는 것에서 나올 만한 결과들과 비교할 때는 그렇다. 따라서 그렇게 결과가 신통치 않은 분야에 그렇게 깊은 관심을 두고, 또 아주 많은 자원을 소비한다는 것은 원대한 포부가 결여된 행동이라고 인정할 수밖에 없다. 어떤 면에서는 혼란을 안겨주는, 심지어 불명예스러운 행동으로 보일 수도 있다.

쓸모가 없고 진부하다는 점에서 건축은 원예와 다를 것이 없다. 문손잡이나 천장의 몰딩에 대한 관심은 장미나 라벤더 덤불의 성

삶은 보통 이렇지 않다 :
켄 셔틀워스, 크레센트 하우스, 윌트셔, 1997년.

장에 대한 관심만큼이나 조롱의 대상이 된다. 인간은 이런 것들보다는 더 웅대한 대의에 자신을 헌신해야 한다고 결론을 내린다고 해도 누가 뭐라 하지 않을 것이다.

그러나 감정적인 생활과 정치적 생활에 따르기 마련인 가혹한 좌절과 마주친 뒤라면 아름다움—우리가 한때 영원히 누리고 싶었던 이상의 메아리를 발견할 수 있는 완벽의 섬들—의 의미를 좀더 따뜻하게 평가할 수도 있다. 어쩌면 삶이 우리에게 진정으로 비극적인 색깔을 드러낸 뒤에야 우리는 삶이 주는 은근한 선물에 시각적 반응을 보이게 되는 것인지도 모른다. 그 선물은 태피스트리나 코린트식 기둥이 될 수도 있고, 점판암 타일이나 등燈이 될 수도 있다. 사랑에 빠진 젊은 남녀 한 쌍이 걸음을 멈추고 세파에 씻긴 벽돌 벽이나 현관으로 내려가는 난간동자에 감탄하는 경우는 드물다. 사실 그런 은근한 아름다움을 보지 못하는 것이야말로 더 본능적이고 분명한 행복을 얻을 수 있다는 낙천적 믿음의 증거이기도 하다.

어쩌면 엉뚱한 사람과 결혼을 하거나, 중년이 되도록 보람 없는 일만 하거나, 사랑하는 사람을 잃어 삶에 지울 수 없는 상처가 남고 나서야 비로소 건축은 우리에게 눈에 띄는 영향을 주기 시작하는지도 모른다. 누가 어떤 건물에 "감동을 받았다"고 말할 때, 그 말에서는 그 구조물에 기록된 고귀한 특질과 그 주변에 있는 더 슬프고 더 넓은 현실—이제 우리는 그런 현실이 존재한다는 것을 분명히 알고 있다—사이의 달콤쌉쌀한 대조의 느낌이 우러난다. 아름다움을 볼 때면 굳이 말하지 않아도 그것이 암시하는 행복이 예외적인 것임을 알기에 목에서는 덩어리가 치밀어오른다.

독일의 신학자 파울 틸리히는 회고록에서 응석받이에 걱정 하나 없던 젊은 시절에는 부모와 교사들이 아무리 훌륭한 교육을 해주어도 늘 냉랭한 마음으로 예술을 대했다고 말한다. 그러다가 제1차 세계대전이 벌어지고 군대에 끌려갔다가 휴가를 받아 나왔을 때(그가 속한 대대의 대원들 가운데 4분의 3이 이 전쟁에서 목숨을 잃는다), 폭풍우가 부는 날 발길 닿는 대로 걷다가 베를린의 카이저 프리드리히 미술관에 들어가게 되었다. 틸리히는 위층 작은 전시실에서 우연히 산드로 보티첼리의 「노래하는 여덟 천사와 함께 있는 성모 마리아와 아들」을 보게 되었다. 그는 동정녀 마리아의 지혜롭고, 연약하고, 동정 어린 눈길과 만나는 순간 걷잡을 수 없이 흐느꼈다. 그 자신도 깜짝 놀랐다. 틸리히는 스스로가 "계시적 환희"의 순간이라고 묘사한 것을 경험했다. 그림의 말할 수 없이 부드러운 분위기와 그가 참호에서 배운 잔혹한 교훈 사이의 불일치 때문에 눈물이 솟았다.

많은 아름다운 것들은 고통과 대화할 때 그 가치가 드러난다. 결국 슬픔을 아는 것이 건축을 감상하는 특별한 선행조건이 되는 것이다. 다른 조건들은 옆으로 밀어놓더라도, 우선 약간은 슬퍼야 건축물들이 제대로 우리의 마음을 어루만질 수 있는 것이다.

9
따라서 건축을 진지하게 받아들이려면 독특하면서도 힘겨운 요구가 따라온다. 우리가 주변 환경에 영향을 받는다는 생각에 우리 자신을 개방할 것을 요구하는 것이다. 설사 전부 비닐 소재여서

산드로 보티첼리, 「노래하는 여덟 천사와 함께 있는 성모 마리아와 아들」, 1477년.

개량을 하려면 돈도 많이 들고 시간도 많이 잡아먹는 환경이라 해도 마찬가지이다. 즉 불편한 일인지 몰라도 우리는 벽지의 색깔에 취약하며, 한심한 침대 커버 때문에 하려던 일을 못할 수도 있다는 사실을 인정하라는 뜻이다. 동시에 건축은 우리의 불만을 아주 조금밖에 해결할 수 없으며, 악이 그들이 보는 앞에서 전개되더라도 그것을 막을 수 없다는 사실을 인정하라는 뜻이다. 건축은 아무리 성취도가 높다고 해도 늘 작은 부분을 구성할 수밖에 없고, 불완전하며(값이 비싸고, 파괴되기 쉽고, 도덕적으로 신뢰할 수 없다), 현 상태에 저항한다. 더욱 거북하게도 건축은 우리에게 행복은 종종 과시하지 않는, 영웅적이지 않은 특징을 가질 수도 있다고, 넓게 펼쳐진 오래된 마루 널에서나 석고 벽에 밀려드는 아침 빛에서 발견될 수도 있다고 상상할 것을 요구한다. 이런 극적이지 않은 또 부서지기 쉬운 아름다움의 장면들이 우리를 감동시키는 이유는 우리가 그 뒤에 놓인 더 어두운 배경을 의식하기 때문이다.

10

그러나 우리가 이런 요구의 정당성을 받아들인다고 해도, 새롭고 논쟁적인 일련의 질문들이 즉시 모습을 드러낸다. 건축사의 아주 많은 부분을 좌우하는 곤란한 지점과 대면할 수밖에 없기 때문이다. 우리는 도대체 무엇이 아름다운 건축이냐고 물을 수밖에 없다.

　루트비히 비트겐슈타인은 빈에서 누이 그레틀을 위한 집을 지으려고 3년 동안이나 학계를 떠났다가 그 일이 생각보다 엄청나다는 사실을 깨달았다. 『논리 철학 논고』의 저자인 이 철학자는 이렇게 말했다. "여러분은 철학이 어렵다고 생각한다. 하지만 내가 장담하는데, 훌륭한 건축가가 되는 어려움에 비하면 아무것도 아니다."

II. 어떤 양식으로 집을 지을 것인가?

1

아름다운 건축이란 무엇일까? 현대로 오면서 이 질문은 답이 없을 수도 있는 거북한 질문이 되었다. 미美라는 개념 자체를 보람 없는 유치한 논쟁을 일으킬 수밖에 없는 개념으로 생각하게 되었기 때문이다. 누가 무엇이 매력적인지 안다고 주장할 수 있을까? 누가 서로 다른 양식의 경쟁하는 주장 사이에서 판결을 내리거나, 여러 사람의 모순되는 취향에 맞서 특정한 선택을 옹호할 수 있을까? 한때 건축가의 중심 과제로 간주되던 아름다움의 창조는 이제 진지한 전문적 토론의 장에서 조용히 증발하여 혼란에 빠진 개인이 책임질 영역으로 물러나버렸다.

2

아름다운 건축 방법을 안다는 것을 늘 그렇게 어렵게만 생각했던 것은 아니다. 서양의 역사에서, 계속 이어지는 기간은 아니지만 어쨌든 천 년이 넘는 시간 동안 아름다운 건축은 고전적인 건축과 동의어였다. 다시 말해서 대칭을 이루는 신전식 정면, 장식 기둥, 반복되는 비율을 갖춘 구조물이었다.

그리스인들은 고전 양식을 만들어냈고, 로마인은 그것을 복제하고 발전시켰으며, 천 년의 간격을 두고 르네상스 이탈리아의 교육받은 계급들은 이 양식을 재발견했다. 고전주의는 반도로부터 북쪽과 서쪽으로 퍼져나가면서 지방색을 띠고 새로운 재료로 표현되었다. 고전주의 양식의 건물은 헬싱키와 부다페스트, 서배너와 상트페테르부르크처럼 서로 멀리 떨어진 곳에 공존했다. 이 감

행복의 건축

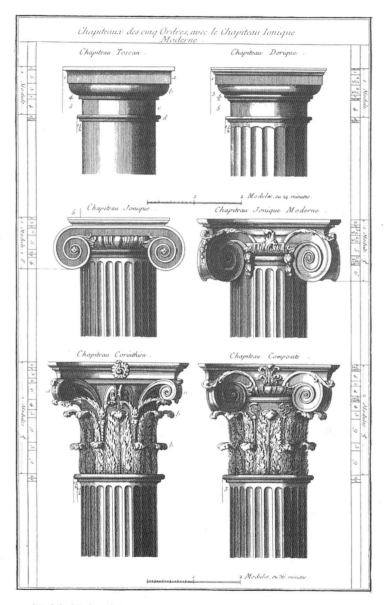

고전주의적 기둥의 규칙들:
건축 도판, 드니 디드로 편, 『백과사전』, 1780년.

아름다움에 관한 도시 전체의 합의:
존 우드 1세, 북부, 퀸 광장, 배스, 1736년.

왼쪽 콘스탄티누스 황제의 개선문, 로마, 기원후 315년경.
오른쪽 로버트 애덤, 배면, 케들스턴 홀, 1765년.

수성은 실내장식에도 적용되었으며, 고전적인 의자와 천장, 침대와 욕조가 탄생했다.

역사가들은 고전주의의 변종들 사이의 차이에 큰 관심을 가지곤 했지만, 궁극적으로 더 놀라운 것은 그 유사성이었다. 수백 년 동안 창문이나 문을 어떻게 만들지, 기둥과 박공 처리한 앞면을 어떻게 꾸밀지, 방과 복도를 어떻게 연결할지, 철제품과 장식 쇠시리를 어떤 모양으로 만들지를 거의 만장일치로 합의를 보았다. 르네상스의 학자 겸 건축가들은 이런 가정들을 정리했고, 이것은 일반 건설업자들을 위한 패턴 북을 통해서 대중화되었다.

이런 합의는 매우 강력했으므로 도시가 통째로 양식적 통일성을 얻게 되었다. 이런 통일성은 일련의 광장과 도로를 가로질러 뻗어나갔다. 델피의 아폴론 신전까지 거슬러올라가는 미학적 언어가 결국 에든버러의 회계사나 필라델피아의 변호사가 사는 집까지 꾸미게 된 것이다.

고전주의적 건축가들이나 그들의 고객들 가운데 독창성을 드러내고 싶은 충동을 느낀 사람은 거의 없다. 중요한 것은 표준을 충실하게 따르는 것이었다. 반복이 규범이었다. 로버트 애덤은 케

행복의 건축

왼쪽 메종 카레, 님, 130년경.
오른쪽 조지프 핸섬, 시청, 버밍엄, 1832년.

들스턴 홀(1765)을 설계하면서, 배면背面 한가운데에 콘스탄티누스 황제의 개선문을 똑같이 복제하여 끼워넣은 것에 가장 큰 자부심을 느꼈다. 토머스 해밀턴이 에든버러에 지은 고등학교 교사校舍(1825)는 칙칙한 잿빛 크레이그리스 사암으로 지은 건물로, 무덤 속 같은 느낌을 주는 스코틀랜드의 하늘 아래 자리를 잡고 있고 지붕은 강철 들보가 지탱해주지만, 아테네의 도리스식 파르테논 신전(기원전 438년경)의 형태를 모방한 기술 때문에 찬사를 받았다. 토머스 제퍼슨이 설계한 샬러츠빌의 버지니아 대학 캠퍼스(1826)는 아무런 부끄러움 없이 로마의 포르투나 비릴리스 신전(기원전 100년경)과 디오클레티아누스의 공중목욕탕(302)을 본떴다. 조지프 핸섬이 버밍엄에 새로 지은 시청사(1832)는 프랑스의 님에 있는 로마 시대의 메종 카레(기원후 130년경)를 산업도시 한복판에 충실하게 옮겨다놓았다.

 따라서 로마의 황제 마르쿠스 아우렐리우스 시대 사람들이 마법으로 근대 초기에 부활을 했다고 하더라도, 인간이 만든 세계의 많은 부분이 적어도 겉모습에서는 자신들의 건축학적 원리가 별로 틀린 데가 없음을 입증했다며 흡족해했을 것이다.

어떤 양식으로 지을 것인가?

3

단순하고 값이 싼 주택에서도 가장 적절한 건축 방법에 관한 합의가 이루어졌다. 물론 이 경우의 표준은 공통된 문화적 전망의 산물이 아니라 수많은 제약의 산물이었다.

그런 제약 요소들 가운데 으뜸은 기후였다. 기후는 적당한 비용으로 그것에 저항할 기술이 없을 경우, 벽을 세우고, 지붕의 높이를 정하고, 정면을 치장할 수 있는 방법을 몇 가지로 제한하곤 했다. 재료를 먼 곳에서 운반해오는 비용도 양식의 선택을 제한하여, 다수의 집주인이 쉽게 이용할 수 있는 돌, 나무, 흙에 군말 없이 만족할 수밖에 없었다. 여행의 어려움도 대안이 될 만한 건축 방법에 관한 지식의 보급을 막았다. 인쇄비가 비쌀 때는 세계 다른 지역에 있는 집의 사진을 볼 수 있는 사람조차 소수였다(그래서 초기 북방의 종교미술에서는 예수가 태어난 집을 샬레처럼 묘사하는 일이 많았다).

이런 제약 요소들 때문에 지역에 따라서 건축적 동질성이 강해졌다. 일정한 반경 내의 주택들은 모두 그 지역에서 나는 독특한 재료로 지어졌는데, 강이나 산맥 하나만 건너면 그런 보편적 재료는 또다른 것으로 바뀌었다. 따라서 켄트의 일반적 주택은 콘월의 주택과 한눈에 구별할 수 있다. 쥐라의 농장도 엥가딘의 농장과 한눈에 구별이 된다. 대부분의 지역에서는 오랫동안 이어져온 방법으로 계속 주택을 지었다. 아무런 미학적 자의식 없이 무엇이든 주위에 있는 재료를 이용해서 지었지만, 그래도 주인은 무엇보다도 비바람을 피할 곳을 마련했다는 것에 수수한 자부심을 느꼈다.

행복의 건축

세계 다른 지역에 있는 집의 사진을 볼 수 있는 사람조차 소수였다:
스몰하이드 플레이스, 텐터든, 켄트, 16세기 초.

집의 아름다움을 새롭게 이해하는 방식:
호러스 월폴, 스트로베리 힐, 트위크넘, 1750-1792년.

4

그러다가 1747년 봄, 사치, 레이스가 달린 칼라, 수다를 좋아하는, 어딘지 여성스러운 느낌을 풍기는 젊은 남자가 템스 강변 트위크넘의 40에이커에 달하는 부지에 자리잡은 전직 마부의 오두막을 샀다. 젊은 남자는 그곳에 자신을 위한 별장을 짓기 시작했는데, 이것이 아름다운 집에 대한 기존의 감각을 심각하게 흔들어 놓았다.

영국의 총리 로버트 월폴 경의 막내아들 호러스 월폴이 새로 얻은 소유지에 지을 팔레이디언 저택을 관습적인 방법으로 설계해줄

행복의 건축

긴 회랑, 스트로베리 힐.

건축가는 많았을 것이다. 노퍽의 북쪽 해안에 있는 그의 아버지의 집인 휴턴 홀과 비슷하게 짓는 것도 한 방법이었을 것이다. 그러나 월폴은 옷, 대화, 직업 선택에서와 마찬가지로 건축에서도 자신은 남들과 다르다는 것을 자랑으로 여겼다. 고전 교육을 받았음에도 불구하고 그의 진정한 관심은 중세에 있었다. 폐허가 된 수도원, 달빛이 비추는 밤, 무덤, 특히 갑옷을 입은 십자군으로 이루어진 도상圖像에 전율을 느꼈다. 그래서 월폴은 세계 최초로 고딕 주택을 짓기로 결정했다.

그 전에는 중세 교회의 특징을 개인 주택에 적용해본 사람이 없

가장 고귀하고 적절한 건물:
임레 스테인들, 의사당, 부다페스트, 1904년.

었기 때문에 월폴은 임기응변으로 대처해야 했다. 벽난로는 캔터베리 성당의 부시에 대주교의 무덤을 본떠서 만들었다. 서재 서가의 디자인은 웨스트민스터 수도원의 아이머 드 밸런스의 무덤을 베꼈다. 본관 천장은 헨리 7세의 수도원 성당의 사엽四葉 장식 칸막이와 장미꽃 장식을 따왔다.

월폴은 기질적으로 자신의 업적을 조용히 묻어두지 못하는 성격이었기 때문에 건축 작업이 마무리되자 아는 사람을 모두 초대하여 자신의 집을 구경시켜주었다. 초대받은 손님들 중에는 그 나라의 여론을 주도하는 사람들과 귀족 대부분이 포함되어 있었다. 덤으로 일반 대중에게도 집을 구경할 수 있는 표를 발행했다.

놀란 손님들 가운데 다수는 관람 뒤에 과연 자신들이 감히 고전주의 양식을 버리고 고딕으로 갈 수 있을지 의문을 품었다. 이 유행은 얌전하게 시작되어 이따금 해안이나 교외에 그런 양식의 별장이 지어지는 정도였다. 그러나 몇십 년이 지나지 않아 취향에 혁명이 일어나면서 고전주의적 합의의 기초를 이루던 가정의 핵심이 흔들렸다. 고딕 건물은 영국에서 나타나기 시작하여, 유럽을 가로지르고 북아메리카에까지 건너갔다. 원래는 딜레탕트의 공상에서 출발했지만, 이 양식은 이제 그것을 넘어 건축학적 진지함과 위엄을 획득했다. 결국 월폴이 스트로베리 힐에 건축을 시작한 지 불과 50년 만에 고딕 옹호자들은 마치 그 전의 고전주의자들처럼 자신들의 양식이 모든 건축들 중에서 가장 고귀하고 적절하며, 따라서 위대한 나라의 주택이나 의회나 대학은 당연히 이 양식을 선택해야 한다고 주장하고 나섰다.

GRECIAN

GOTHIC

당신이 다음에 살 집의 선택:
험프리 렙턴, 『집의 특징』, 1816년.

5

고딕의 부활이 촉진된 데에는 여러 가지 요인들이 작용했다. 역사
의식이 확대되었고, 운송체계가 개선되었으며, 다양성을 찾는 새
로운 고객들이 등장했다. 이런 요인들 때문에 다른 시대와 대륙의
건축 양식에 대한 호기심도 생겼다. 19세기 초에 이르면 서구 대부
분의 나라들에서 집을 한 채 지어보겠다고 마음먹은 사람들은 그
겉모습과 관련하여 전례 없이 다양한 선택과 마주하게 되었다.

건축가들은 인도, 중국, 이집트, 이슬람, 티롤, 자코뱅 양식의 집
을 지을 수 있을 뿐만 아니라, 이런 양식들의 조합도 보여줄 수
있다고 자랑했다. 이런 박식을 과시한 사람들 중에서도 가장 재
주가 많은 사람은 험프리 렙턴이라는 이름의 영국인이었다. 그는
망설이는 고객들에게 그들이 선택할 수 있는 수많은 양식을 자세
하게 그려주는 것으로 명성을 얻었다.

재산이 많지 않은 고객들을 위한 새로운 패턴 북도 등장했다.
그 가운데서도 가장 인기 있던 책은 존 라우던의 『오두막, 농장,
별장 건축 백과사전*The Encyclopaedia of Cottage, Farm and Villa Architecture*』
(1833)이었다. 이 책은 스스로 집을 지으려는 사람들에게 세상 어
느 곳의 집이라도 본떠서 지을 수 있는 설계도를 제시했다. 이로
인해서 지역적 특색을 간직한 건축은 급속히 사라지고 말았다.

소유지가 개발되는 방식의 변화도 절충주의가 들어설 자리를
넓혀주었다. 18세기에 런던은 유럽 대부분의 도시와 마찬가지로
일차적으로 귀족 지주들의 노력을 통해서 확대되었다. 그들은 오
래된 농장과 밭을 가로질러 광장을 만들어 그것에 자신의 이름
을 붙였다. 사우샘프턴 경, 베드퍼드 백작, 리처드 그로스베너 경,

행복의 건축

왼쪽에서 오른쪽으로 스위스 양식의 오두막과 옛날 잉글랜드 양식의 오두막
존 라우던, 『오두막, 농장, 별장 건축 백과사전』, 1833년.

포틀랜드 공작 등이 그런 이름들이다. 이들은 취향이 비슷한 사
람들이었다. 라틴어와 그리스어에 능숙했으며, 키케로와 타키투
스를 열심히 읽었고, 고전주의 양식의 확고한 옹호자들이었다. 베
드퍼드 백작은 1776년에 자신의 이름을 딴 시가지를 건설하는 계
약을 맺었는데, 그 계약조항들은 고전적 조화에 대한 거의 광기
에 가까운 강박을 보여준다. 그는 각 층의 정확한 높이, 모든 창
틀의 폭, 벽돌의 색깔, 마루 널에 사용되는 목재의 구체적인 종류
("수액의 흔적이 없는 최고의 메멜이나 리가") 등을 규정한 규칙을 세세
하게 적어놓았다. 백작은 고전적 비율과 정확성을 지키려고 노심
초사했기 때문에 새벽이면 일어나 정원용 가위를 들고 광장 중앙
의 덤불이 대칭으로 자라도록 다듬었다.

그러나 그 다음 세기에는 주택 수요가 폭발적으로 증가했음에
도 불구하고 왕족이나 귀족은 투기적인 건축에서 한발 뒤로 물러
났다. 그들을 이은 사람들은 보통 키케로나 타키투스를 읽지 않
았다. 그들은 주로 다양성을 즐기는 변덕스러운 사업가들이었다.

어떤 양식으로 지을 것인가?

아름다움에 관한 고전주의적 합의의 자취:
베드퍼드 광장, 런던, 1783년.

아름다움에 대한 새로운 비전:
존 파울스턴, 커 스트리트, 데번포
트, 플리머스, 1824년.

그들은 본능적으로 고전주의적 전통의 엄격한 절제를 경멸하여, 자신들이 개발한 장난스러움과 풍성함으로 고객을 끌어들이려고 경쟁했다. 이런 태도는 플리머스의 한 거리에 전형적으로 드러나 있다. 이 거리에는 불과 몇백 미터 내에 로마의 코린트식 테라스하우스, 도리스식 시청사, 동양식 예배당, 이오니아식 개인 주택 한 쌍, 이집트식 도서관이 어깨를 나란히 하고 있다.

6

그러나 이런 무제한적인 선택의 한 가지 문제는 완전한 혼돈으로 다가가는 경향이 있다는 점이었다.

  이런 자유에 내재한 위험이 처음으로 터져나와 이름을 날린 곳은 북아일랜드의 조용한 호숫가였다. 18세기 중반에 이곳에서 살던 귀족 부부는 집을 한 채 짓기로 결정했다. 뱅거 자작과 그의 부인 앤 블라이는 둘 다 건축에 심취했지만, 적당한 양식에 대해서는 합의를 볼 수가 없었다. 자작은 고전주의자였다. 그는 주간柱間 셋, 벽에 묻힌 기둥, 팔라디오식 비율, 소용돌이 모양의 까치발이 달린 삼각형 박공벽이 덮인 창문을 원했다. 반면 고딕 양식에 애착을 가진 앤은 작은 뾰족탑이 달린 성곽풍의 지붕, 가운데가 뾰족한 창, 사업 장식을 더 좋아했다. 그녀는 스트로베리 힐의 천장 이야기를 듣고 자신도 그것을 몇 개 가지고 싶어했다. 두 사람이 고집을 꺾지 않고 싸움이 지저분하게 흘러가자, 건축가가 솔로몬처럼 기발한 해결책을 내놓았다. 집을 둘로 나누자는 것이었다. 주택의 전면 반은 고전주의 양식으로 짓고, 후면 반은 고딕

앞쪽 입면도, 워드 성, 스트랭퍼드 로크, 1767년.

양식으로 짓기로 한 것이다. 이런 타협은 내부에까지 이어져, 음악실과 층계참은 도리스식 소벽과 기둥으로 꾸며 고전적인 느낌을 주었다. 부인의 내실과 개인이 사용하는 방들은 부챗살 장식이 들어간 둥근 천장에 끝이 뾰족한 아치 모양의 벽난로를 갖추어 고딕 분위기를 풍겼다.

　민감한 비평가들은 경악했으며, 이런 건축의 확산을 걱정하여 어느 정도라도 시각적 합의를 되살릴 방법을 찾으려고 열심히 노력했다. "우리는 건축의 **카니발** 때문에 고통을 겪고 있다." 1836년에 오거스터스 퓨진은 그렇게 불평했다. "개인적인 판단이 만연해 있다. 모든 건축가가 저마다 이론을 내세운다." 1828년 하인리히 휩슈라는 이름의 젊은 독일 건축가는 이 시대 전체의 고민을 콕 집어낸 제목의 책, 『어떤 양식으로 지을 것인가?』를 출간했다. 고

　　　　　　　　　　　　　　　　행복의 건축

뒤쪽 입면도, 워드 성.

덕, 옛 잉글랜드, 스위스 양식의 옹호자들 사이의 논쟁을 해소할 방법을 찾아야만 했다. 식당에 고대 이집트식 의자를 가져다놓을지, 아니면 중국식 의자를 가져다놓을지를 가늠할 방법을 찾아야 했다. 앤과 뱅거 남작 중에서 누구의 손을 들어줄지 판단할 방법을 찾아야 했다. 그렇게 해서 다시는 집이 두 방향을 동시에 바라보는 일이 없도록 보장해줄 방법을 찾아야 했다.

　그러나 어디에서 그런 원칙을 찾을 수 있을까? 건축가는 어떤 양식으로 집을 지어야 할까?

7
마침내 등장한 답은 사실 답이 아니었다. 애초에 그런 질문을 던

미학적 논의의 배제:
존 파울러, 벤저민 베이커, 포스 철교, 중앙 도리 공사, 1889년 9월.

진 것 자체가 타당성이 없고, 어쩌면 방만한 것일지도 모른다는
질책이었다.

건축에서 아름다움을 논의하는 데에 반대한 사람들은 엔지니어
라는 새로운 유형의 사람들이었다. 이들은 18세기 말에야 전문직
종사자로 인정을 받았지만, 그후 산업혁명기에 새로운 건물을 짓
는 과정에서 금세 지배적인 위치에 올라섰다. 그들은 쇠와 강철,
판유리와 콘크리트를 다루는 기술을 정복하여 다리, 기차의 차
고, 수도, 선창 건설로 관심을 끌고 경외감을 불러일으켰다. 어쩌
면 그들의 능력보다 더 새로웠던 것은 어떤 양식을 선택하는 것이
최선인지 묻지 않고도 이런 프로젝트를 척척 해치웠다는 사실이
었는지도 모른다. 그들은 다리를 세우는 일을 맡으면, 가장 싼 비
용으로 가장 긴 거리를 뻗을 수 있는 가장 가벼운 틀을 설계하려
고 노력했다. 철도역을 지을 경우에는 증기가 안전하게 흩어지고,
자연광이 대량으로 들어오며, 늘 많은 여행객들을 편하게 받아들
일 수 있는 큰 건물을 짓는 것을 목표로 삼았다. 그들은 공장은
다루기 힘든 기계를 들일 수 있어야 하며, 기선汽船은 안달하는 승
객들을 싣고 제 시간에 거친 바다를 건너야 한다고 주장했다. 그
러나 그들은 배의 위층 회랑을 장식하는 주두柱頭들이 코린트 양
식이어야 할지 도리스 양식이어야 할지, 기관차 끝에 중국식 용을
달아놓는 것이 멋질지 아닐지, 교외의 가스 공장을 토스카니 양식
으로 마무리할지 이슬람 양식으로 마무리할지 별로 고민하지 않
는 것 같았다.

그러나 이런 무관심에도 불구하고 새로운 과학적 인간들은 이
혼란스러운 시대에 가장 당당한, 또 많은 경우에 가장 매혹적인

행복의 건축

구조물을 짓는 것 같았다.

8

엔지니어들의 철학은 건축이라는 전문직이 이전에 대변했던 모든 것과 대립되었다. "유용하고, 실용적이고, 기능적인 것을 뭔가 아름다운 것으로 바꾸는 일, 그것이 건축의 의무이다." 카를 프리드리히 싱켈은 그렇게 주장했다. "건축이 단순한 집짓기와 구별되는 것은 장식 때문이다." 조지 길버트 스콧 경도 그렇게 말했다. 베네치아의 총독궁이 위대한 건축으로 분류될 자격이 있다면, 그것은 지붕이 방수여서도 아니고 베네치아의 공무원들에게 넉넉한 회의실을 제공해서도 아니다. 건축가들이 공격에 맞서 주장했듯이, 이 총독궁은 지붕의 조각, 흰색과 분홍색 벽돌을 섬세하게 배치한 전면과 건물 전체에 걸쳐 끝이 가늘어지는 늘씬한 뾰족 아치를 자랑하기 때문이었다. 그러나 이런 것들은 파리의 에콜 폴리테크니크나 드레스덴의 공학 아카데미 졸업생의 설계도에는 들어갈 자리가 없는 세목들이었다. 위대한 건축의 본질은 기능적으로 불필요한 데에 있는 셈이었다.

9

이런 식으로 공학의 원칙이 건축의 원리와 가차 없이 충돌했음에도 불구하고, 19세기 건축가들 가운데 소수이기는 했지만 목소리가 컸던 몇몇 사람들은 엔지니어들이 건축을 구원하는 데에 핵심

"유용하고, 실용적이고, 기능적인 것을 뭔가 아름다운 것으로 바꾸는 일, 그것이 건축의 의무이다": 총독궁(세부), 베네치아, 1340–1420년.

적인 열쇠를 제공할 것이라고 판단했다. 엔지니어들은 쥐고 있지만 건축가들에게는 정말 아쉬웠던 것이 확실성이었기 때문이다. 엔지니어들은 설계의 지혜를 평가하는 난공불락의 방법론을 찾아낸 것 같았다. 그들은 구조물이 기계적인 기능들을 능률적으로 수행하기만 하면 올바르고 정직하다고 자신 있게 선언할 수 있었다. 반대로 아무것도 지탱하지 않는 기둥, 장식적인 조각상, 벽화, 조각이 잔뜩 들어가 있으면 그릇되고 부도덕하다고 선언했다.

아름다움에 관한 논의를 기능에 대한 고려로 바꾸면 건축은 미학에 관한 당혹스럽고도 해결 불가능한 분쟁의 늪에서 빠져나와 아무런 논란 없이 기술적인 진실을 추구하게 될 것 같았다. 그러면 단순한 대수 방정식의 답을 놓고 논란을 벌이는 것이 우스꽝스러워 보이듯이, 건축의 외관을 놓고 논란을 벌이는 것도 우스꽝스러워 보일 터였다.

기능적인 원칙들이 가치의 새로운 척도로 정립되면서 사람들은 건축사 전체를 다시 훑어보았으며, 과거의 걸작들도 진실과 허위의 상대적 비율에 따라서 재평가했다. 로마인들은 콜로세움에 불필요한 기둥을 보탰다는 이유로 부정직하다고 생각되었다. 이 우아하게 조각된 값비싼 돌덩이들은 위층을 지탱하는 **척만** 했지, 실제로는, 엔지니어라면 쉽게 알 수 있는 것이지만, 구조물 전체가 아치들로만 지탱되고 있었기 때문이다.

마찬가지로 요한 발타자르 노이만도 반츠의 피어첸하일라겐 성당(14구난성인순례救難聖人巡禮 성당)의 거의 모든 측면에서 거짓말을 한 셈이었다. 여기에서는 내부의 벽들이 건물을 지탱하는 척했지만 실제로 건물을 지탱하는 것은 감추어진 별도의 틀이 맡고

부정직한 천장 :
요한 발타자르 노이만, 피어첸하일라겐 성당, 반츠, 1772년.

찰스 코커럴, 애슈몰린 박물관과 테일러 연구소, 옥스퍼드, 1840년.

있었기 때문이다. 심지어 페인트를 칠한 돔 형태의 천장도 지붕과
는 아무런 상관이 없었고, 관습적인 물매를 가진 진짜 지붕 밑에
자리잡은 치장벽토 거죽에 불과했다.

  마찬가지로 찰스 코커럴은 옥스퍼드의 애슈몰린 박물관과 테
일러 연구소 설계에서 창피할 정도로 기만적이었으며 낭비가 심했
다는 평가를 받았다. 그의 범죄는 4층짜리 석조건물도 받칠 수 있
는 육중한 이오니아 양식 기둥들로 건물 바깥을 둘러쌌다는 것이
었다. 그곳에서 이 기둥들은 그저 단지나 조각상 같은 가벼운 것
만 받치고 있을 뿐이었다. 구조물의 진짜 무게를 지탱하는 것은
벽 속에 감추어진 다른 기둥들이었다.

10

그러나 기계적인 기능에만 초점을 맞추려고 아름다움에 대한 관

심을 포기한 건축가가 지은 집은 어떤 모양일까? 그 집은 빌라 사부아를 닮았을지도 모른다—자신의 느낌에 확신을 가졌던 그 집의 창조자의 말을 믿는다면.

1928년 봄 파리에서 피에르와 에밀리 사부아라는 이름의 부부는 마흔한 살의 스위스 건축가 르 코르뷔지에를 찾아가 자신들과 어린 아들 로제를 위한 시골집 설계를 의뢰했다. 집이 들어설 곳은 파리 서부의 푸아시에 있는 숲이 우거진 땅으로, 센 강을 굽어보는 곳이었다. 르 코르뷔지에는 그때까지 건축가로 활동하면서 총 15채의 개인주택을 지었으며, 건축에 관한 분명한 관점으로 국제적인 명성을 얻었다.

"엔지니어들은 건강하고 정력적이며, 적극적이고 유용하며, 균형이 잡혀 있고 행복하게 일한다." 르 코르뷔지에는 『건축을 향하여*Vers une architecture*』(1923)에서 그렇게 말했다. 그러나 "건축가들은 환멸에 사로잡혀 있고 할 일이 없으며 거만하거나 까다롭다. 이것은 그들이 할 일이 곧 없어지기 때문이다. 이제 우리에게는 역사적 기념물을 세울 돈이 없다. 반면 모두가 목욕을 할 공간은 필요하다! 엔지니어들은 이런 것을 제공하며, 따라서 그들이 건물을 짓게 될 것이다."

르 코르뷔지에는 미래의 주택들이 금욕적이고 깨끗하며, 규율과 검약이 그곳을 지배하기를 바랐다. 그는 모든 장식에 대한 혐오 때문에 영국 왕족과 그들이 매년 의회 개회 때 타고 가는, 장식이 화려한 황금마차를 언짢게 생각했다. 그는 그 조각을 새긴 괴물 같은 것을 도버의 절벽으로 밀어버리고 대신 이스파노-수이자 1911 경주용차를 타고 그들의 영토를 돌아다닐 것을 권했다. 그

THE ROME OF HORRORS

르 코르뷔지에, 『건축을 향하여』, 1923년.

는 심지어 전통적으로 젊은 건축가들의 교육과 교화의 본거지 역
할을 해온 로마도 조롱하여, 그곳을 "공포의 도시", "어중간하게
교육받은 자들의 저주", "프랑스 건축의 암癌" 등으로 불렀다. 바
로크 양식의 세세한 장식, 벽화, 조각상이 너무 많아서 기능적인
원리들을 침해한다는 이유였다.

르 코르뷔지에에게 진정으로 위대한 건축—능률의 추구라는
동기에 따라서 움직이는 건축이라는 뜻이다—은 4만 킬로와트
짜리 전기 터빈이나 저압 환기팬에서 찾는 것이 편이 쉬웠다. 이전
의 건축 작가들이 자신들의 책에 성당이나 오페라하우스 사진을
집어넣었던 것과는 달리 르 코르뷔지에는 자신의 책에 그런 기계
들의 사진을 싣고 경의를 표했다.

행복의 건축

Things like this were being built at the same time as our railroads.

르 코르뷔지에, 『내일의 도시와 그 계획』, 1925년.

어느 잡지사의 기자가 애용하는 의자가 무엇이냐고 묻자 르 코르뷔지에는 조종석 의자라고 답하면서, 1909년 봄 파리 상공에서 비행기를 보았을 때—비행사 드 랑베르 백작이 에펠탑을 한 바퀴 돌았을 때였다—가 자신의 인생에서 가장 중요한 순간이었다고 말했다. 그는 날아야 한다는 요구 때문에 비행기에서는 모든 불필요한 장식이 사라졌으며, 그 때문에 비행기는 자기도 모르는 사이에 가장 성공적인 건축물이 되었다고 말했다. 르 코르뷔지에는 집 꼭대기에 고전주의적인 조각상을 덧붙이는 것은 비행기에 그런 것을 덧붙이는 일만큼이나 터무니없는 짓이라고 생각했다. 그러나 적어도 비행기의 경우에는 그런 식으로 덧붙이면 추락을 해버리기 때문에 그 터무니없음이 선명하게 드러난다고 보았다. "비행기는 고발한다L'avion accuse." 르 코르뷔지에는 그렇게 결론을 내렸다.

그러나 비행기의 기능이 나는 것이라면 집의 기능은 무엇일까? 르 코르뷔지에는 간단한 요구조건 목록을 정리한다("과학적으로"라고 독

A LOW-PRESSURE VENTILATING FAN

40,000 KILOWATT TURBINE FOR ELECTRICITY

르 코르뷔지에, 『건축을 향하여』, 1923년.

자들에게 장담하면서). 그 요구조건들을 넘어서는 다른 모든 야망은 "낭만적인 거미줄"이라는 것이다. 그에 따르면 집의 기능은 다음과 같은 것이다. "1. 더위, 추위, 비, 도둑, 호기심 많은 사람들로부터 지켜주는 피난처. 2. 빛과 태양을 받아들이는 그릇. 3 조리, 일, 개인생활에 적합한 몇 개의 작은 방."

11

푸아시의 언덕 꼭대기에 있는 담 뒤에서 좁은 자갈길이 빽빽한 숲을 통과하다 이윽고 빈터로 이어진다. 빈터 한가운데에 폭이 좁고 흰 사각형 상자 모양의 건물이 서 있다. 그 옆면에는 띠 모양의 유리창들이 늘어서 있으며, 믿을 수 없을 정도로 가느다란 기둥들이 이 건물을 땅 위로 들어올려 지탱한다. 빌라 사부아의 지붕에 있는 구조물은 급수탑이나 가스 실린더를 닮았다. 그러나 자세히 보면 반원형의 보호벽을 갖춘 테라스이다. 이 집은 섬세하게 다듬은 정밀기계처럼 보이기도 하고, 목적을 알 수 없는 산업용 물품

행복의 건축

르 코르뷔지에, 거실, 빌라 사부아, 푸아시, 1931년.

처럼 보이기도 한다. 흠 하나 없는 하얀 표면은 화창한 날이면 에게 해의 섬에 있는 어부의 오두막처럼 환한 햇빛을 강렬하게 반사한다. 이 집은 잠시 머물러온 손님처럼 보인다. 지붕 위에 달린 장치로 신호가 오면, 감추어진 엔진에 시동을 걸고 천천히 주위의 나무들과 역사적인 양식을 따르는 별장들 위로 솟아올라 머나먼 은하수에 있는 고향을 향하여 긴 여행을 시작할 것 같다.

　과학과 항공학의 영향은 집의 내부에까지 이어진다. 강철로 만든 앞문은 커다란 수술실처럼 청결하고, 밝고 횅한 현관으로 이어진다. 바닥에는 타일이 깔려 있고, 천장에는 알전구가 달려 있

르 코르뷔지에, 빌라 사부아, 푸아시, 1931년.

다. 현관 중앙에는 손님들이 바깥세계의 불순물을 씻어낼 수 있는 세면대가 있다. 방을 지배하는 것은 단순한 관管 모양의 난간이 달린 커다란 경사로이다. 이 경사로를 따라 올라가면 본격적인 생활공간이 시작된다. 이곳에는 그 시대의 편의시설을 모두 갖추어놓은 커다란 부엌이 있다. 강철 테를 두른 띠 모양의 창이 주요한 방들로 자연광을 공급한다. 욕실은 위생과 운동의 성소이다. 노출된 배관 때문에 잠수함 같은 느낌을 준다.

이 내밀한 공간들에서조차 분위기는 기술적이고 수렴적이다. 여기에 외적인 것이나 장식적인 것은 없다. 장미꽃 장식이나 장식 쇠시리도 없다. 꾸밈이나 장식은 없는 것이다. 벽은 천장과 완벽한 직각으로 만난다. 경계선을 부드럽게 처리하지도 않는다. 시각 언어는 오로지 산업적인 범주에 한정되어 있으며, 인공조명에는 공장에서 대량생산한 전등만 사용한다. 가구도 거의 없다. 르 코르뷔지에는 고객들에게 그들의 소유물을 최소로 유지하라고 권했기 때문이다. 사부아 부인이 거실에 팔걸이의자와 소파 두 개를 놓고 싶다는 이야기를 하자 그는 감정이 상한 것처럼 깜짝 놀란 표정으로 대꾸했다. "오늘날 가정생활은 우리가 가구를 소유해야만 한다는 개탄할 만한 관념 때문에 마비되고 있습니다. 그런 관념은 근절하고 대신 장비裝備라는 관념을 도입해야 합니다."

"[현대인이] 원하는 것은 수도사의 방이다. 조명과 난방이 잘되고, 모퉁이에서 별을 볼 수 있으면 그만이다." 르 코르뷔지에는 그렇게 썼다. 건축업자들이 일을 마치자, 사부아 가족은 그가 그들을 위해서 설계한 이 집에서 적어도 그런 열망들만큼은 완전하게 충족시킬 수 있을 것이라고 믿었다.

행복의 건축

12

엔지니어의 기풍에 지배되던 모더니즘은 건축에서 아름다움이라는 문제에 결정적인 답변을 내놓았다고 주장했다. 집에서 요체는 아름다움이 아니라 제대로 자기 기능을 하는 것이라는 답이었다.

이런 식으로 겉모습이라는 곤혹스러운 문제와 기능이라는 분명해 보이는 문제가 말끔하게 분리되는 것 같지만, 사실 이것은 착각이다. 처음에는 "기능"이라는 말에서 물리적인 안식처를 능률적으로 제공하는 것을 연상하며 고마워할지도 모른다. 그러나 비바람을 피하게 해주는 일 이상을 하지 않는 구조물을 끝까지 존중하게 될 가능성은 많지 않다.

우리는 거의 모든 건축에 대해서 어떤 일을 해줄 것뿐만이 아니라, 어떤 식으로 보여야 한다고 요구한다. 어떤 주어진 분위기에 기여해줄 것을 요구하는 것이다. 그것은 종교적인 분위기일 수도 있고 학구적인 분위기일 수도 있으며, 전원적인 분위기일 수도 있고 현대적인 분위기일 수도 있으며, 사교적인 분위기일 수도 있고 가정적인 분위기일 수도 있다. 우리는 건축이 마음을 다독여주기를 바랄 수도 있고 마음을 흥분시켜주기를 바랄 수도 있으며, 조화의 느낌을 풍기기를 바랄 수도 있고 억제의 느낌을 풍기기를 바랄 수도 있다. 우리는 건축이 우리를 과거와 연결시켜주기를 바랄 수도 있고 미래의 상징 역할을 해주기를 바랄 수도 있다. 만일 이런 부차적이고, 미학적이고, 표현적인 수준의 기능이 무시되고 있다면 우리는 욕실이 제대로 기능하지 않을 때처럼 불평을 하게 될 것이다.

존 러스킨은 이런 것보다 더 포괄적인 이야기를 하면서 우리가 건물에서 두 가지를 요구한다고 주장했다. 우리는 건물이 우리를 보호해주기를 바란다. 동시에 우리는 건물이 우리에게 **말을 걸어 주기**를 바란다. 무엇이 되었든 우리가 중요하게 여기거나 상기할 필요가 있는 것을 이야기해주기를 바란다는 것이다.

13

실제로 모더니즘 운동의 건축가들도 그들의 선배들과 마찬가지로 집이 말을 하기를 바랐다. 다만 19세기에 대한 말은 말고. 특권과 귀족 생활에 대한 것도 말고. 중세나 고대 로마에 대한 것도 말고. 그들은 그들의 집이 미래를, 속도와 기술, 민주주의와 과학을 약속하는 미래를 이야기해주기를 바랐다. 그들은 팔걸이의자가 경주용 자동차나 비행기를 환기시키기를 바랐고, 전등이 산업

두 층계는 영혼의 서로 다른 두 가지 상태를 불러낸다:
왼쪽 르 프티 트리아농, 베르사유, 1768년.
오른쪽 빌라 사부아, 푸아시, 1931년.

행복의 건축

당대의 삶에 관한 이상화된 드라마에 나오는 배우들을 위한 무대:
르 코르뷔지에와 피에르 잔네레의 이중 주택을 배경으로 만든 1927년
메르세데스-벤츠 광고, 바이센호프지들룽, 슈투트가르트, 1927년.

의 힘을, 커피포트가 고속열차의 박력을 환기시켜주기를 바랐다.

그들이라고 건물이 불러일으키는 감정의 중요성을 보지 못한 것은 아니었다. 이전의 건축 양식들이 불러내던 감정들에 불만이 있었을 뿐이다.

르 코르뷔지에는 빌라 사부아의 중앙계단을 만들면서 단지 사람들을 위층으로 올려보내는 것 이외에 다른 일도 하려고 했다. 이것은 앙주-자크 가브리엘이 빌라 사부아에서 남쪽으로 몇 킬로미터 떨어진 베르사유의 르 프티 트리아농의 고전주의적 건물에서 했던 일과 다를 것이 없다. 르 코르뷔지에도 영혼의 어떤 상태를 불러내려고 했던 것이다.

모더니즘의 건축가들은 순수하게 과학적이고 이성적인 접근방법을 강조했지만, 그들과 그들의 작업 사이의 관계는 그 바탕에서 보면 여전히 낭만적이었다. 그들은 건축이 매력적인 삶의 방식을 뒷받침해주기를 바랐다. 그들이 지은 집은 그들 당대의 삶에 관한 이상화된 드라마에 나오는 배우들을 위한 무대로서 잉태된 것이다.

14

사실 모더니스트들의 미학적 관심은 매우 강렬해서 보통 능률에 대한 고려를 앞질렀다. 빌라 사부아는 실용적인 정신을 가진 기계처럼 보일지도 모른다. 그러나 실제로는 예술적 동기에서 나온 비실용적인 건물이다. 아무런 장식 없이 텅 빈 벽은 장인들이 스위스에서 수입한 값비싼 모르타르를 사용하여 손으로 만든 것이다.

행복의 건축

아름답지만 방수는 되지 않는 집:
지붕, 빌라 사부아, 1931년.

이 벽은 레이스처럼 섬세한 작품이며, 반종교개혁 교회의 보석을
덮은 본당의 회중석만큼이나 감정을 자아내는 데에 기여한다.

　모더니즘 자체의 기준으로 보면 이 빌라의 지붕 역시 부정직하
며, 그 결과는 더 파멸적이다. 사부아 부부가 처음에 반대를 했음
에도, 르 코르뷔지에는 평평한 지붕이 물매가 있는 지붕보다 더
좋다고 고집했다. 아마 기술적이고 경제적인 근거만 들이댔을 것
이다. 즉 평평한 지붕이 건축비도 싸게 먹히고, 관리도 용이하고,
여름에도 시원하다고 설득한 것이다. 사부아 부인이 1층에서 발
산되는 축축한 증기의 방해를 받지 않고 체조를 할 수도 있을 것

이라는 말도 덧붙였다. 그러나 가족이 이사를 한 지 불과 일주일 만에 아들 로제의 침실로 지붕에서 물이 샜다. 그 양이 너무 많아 아이는 기관지염에 걸렸고, 이것이 폐렴으로 발전하는 바람에 아이는 샤모니의 요양원에서 1년을 보내야 했다. 빌라가 공식적으로 완공되고 나서 6년 뒤인 1936년 9월 사부아 부인은 그 평평한 지붕의 성능에 관한 그녀의 감정을 (빗물이 튄) 편지에 담았다. "복도에도 비가 오고, 경사로에도 비가 오고, 차고 벽은 완전히 젖었어요. 나아가서 내 욕실에도 여전히 비가 와, 날씨가 나쁜 날에는 물이 흘러넘친답니다. 천창으로 물이 흘러들기 때문이죠." 르 코르뷔지에는 문제들을 곧 고치겠다고 약속하면서, 그 기회를 이용하여 고객에게 전 세계의 건축 비평가들이 그의 평평한 지붕 설계를 얼마나 열광적으로 환영했는지 이야기했다. "아래층 현관 탁자에 방명록을 가져다놓고 그곳을 찾는 모든 사람에게 이름과 주소를 적으라고 하십시오. 그러면 수많은 저명인사의 서명을 수집할 수 있을 테니까요." 그러나 유명인사 서명을 수집하라는 이런 권유는 류머티즘에 시달리는 사부아 가족에게는 별 위안이 되지 않았다. "내가 헤아릴 수도 없이 많은 요구를 한 끝에 당신은 결국 1929년에 당신이 지은 이 집이 사람이 살 수 없는 곳이라는 사실을 받아들였지요." 사부아 부인은 1937년 가을에 이렇게 질책했다. "이것은 당신이 책임을 져야 할 문제이며, 나는 청구서대로 돈을 지불할 필요가 없다고 생각합니다. 제발 이곳을 어서 사람이 살 수 있는 곳으로 바꾸어주세요. 내가 법적인 행동에 의지하는 일이 생기지 않기를 진심으로 바랍니다." 제2차 세계대전이 터져 사부아 가족이 파리에서 피난생활을 하게 되었을 때에야, 르 코르뷔지에는 특별히 아름답기는 하지만 대체로 사람이 살기는 힘든 이 생활용 기계의 설계 문제로 법정에서 책임을 져야 하는 상황에서 벗어날 수 있었다.

15

모더니즘 건축가들이 내심 아름다움을 염두에 두고 설계한다면, 왜 자신의 작품을 주로 기술적인 맥락에서 정당화했을까?

그들의 신중함 밑바닥에는 두려움이 자리하고 있었던 것 같다. 아름다움에 대한 보편적 기준에 대한 믿음이 깨지면서 비판에서 면제된 양식은 하나도 남지 않게 되었다. 고딕이나 티롤 건축의 추종자들이 모더니즘 주택의 외양에 목소리를 높여 이의를 제기할 경우 어깨를 으쓱하고 털어버리면, 반드시 고압적이고 오만하다는 비난이 뒤따르기 마련이었다. 민주정치의 경우와 마찬가지로 미학에서도 최종 심판관은 구하기 어려워졌다.

따라서 비난자를 막고 동요자를 설득할 수 있는 과학적 용어의 매력이 돋보이게 되었다. 구약의 하느님도 이스라엘 부족들의 계속되는 불평과 마주치면 이따금 사막의 덤불에 불을 붙여 경외감을 자극함으로써 백성의 복종을 끌어내지 않았던가? 과학기술은 모더니스트들의 불타는 덤불이었다. 주택과 관련하여 과학기술 이야기를 한다는 것은 사회에서 가장 칭송받는 힘, 페니실린, 전화, 항공기를 만들어내는 힘에 호소한다는 뜻이었다. 기독교의 영향은 쇠퇴하고, 고전주의 문화는 무시를 당하는 상황이었다. 따라서 과학만이 지붕의 물매를 결정할 수 있는 것처럼 보였다.

과학이 명령한 의자?
마르셀 브로이어, B3 의자,
1925년.

기능적인 의자들:
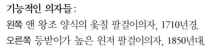
왼쪽 앤 왕조 양식의 옻칠 팔걸이의자, 1710년경.
오른쪽 등받이가 높은 윈저 팔걸이의자, 1850년대.

16

그러나 사실상 과학이 그렇게 절대적인 역할을 하는 경우는 드물다. 1925년 건축가이자 디자이너인 마르셀 브로이어는 세계 최초로 "앉는 문제"를 냉정하게 논리적으로 해결한 의자를 공개했다. 그는 B3 의자의 모든 부분이 "합리적인 것을 위해서 변덕스러운 것"을 추방하려는 강렬한 노력의 결과라고 설명했다.

B3의 앉는 부분과 등받이는 내구성을 위해서 가죽으로 만들었다. 뒤쪽으로 가면서 기우는 형태는 인간의 척추의 요구에 대한 불가피한 답이었다. 그 강철 틀은 나무보다 100배나 강하기 때문에 절대 갈라지거나 쪼개지지 않았다.

그러나 자신의 의자를 과학적으로 옹호하려는 브로이어의 시도는 견고한 현실을 파고들 수 없었다. 다리를 건설할 때는 특정한 재료와 형식에 의존할 필요가 있을지 모른다. 그러나 거실의 가구 하나를 디자인할 때도 기술적인 요구로 인해서 상상력을 제한할 필요는 없기 때문이다. 의자는 그냥 인간의 몸무게를 지탱해주면 그만이다. 따라서 강철을 구부려 만들 수도 있고, 떡갈나무, 대나무, 플라스틱, 광섬유로 만들어도 그만이다. 의자는 B3의 형태이건, 앤 왕조 양식이건, 윈저 형태이건 자신의 대단치 않은 임무를 얼마든지 완수할 수 있다. 의자의 모양을 과학만으로 결정할 수는 없는 것이다.

의자보다 더 복잡한 일에서도 공학의 법칙이 특정한 양식을 완전히 지배하는 일은 드물었다. 예를 들면 바르셀로나의 몬주익 통신탑은 신호를 적절하게 전송하는 기능을 잃지 않으면서도 수많은 형태를 취할 수 있다. 안테나는 창이 아니라 배 모양으로 만

과학이라기보다는 예술:
맞은편 산티아고 칼라트라바, 몬주익 통신탑, 바르셀로나, 1991년.

선택의 복귀:
왼쪽 헤르초크와 드 뫼롱, 에버스발데 기술학교 도서관, 에버스발데, 1999년.
오른쪽 장 누벨, 마천루 계획, 도하, 2004년.

들 수도 있었을 것이다. 기초는 우주선의 이물이 아니라 승마화
모양으로 만들 수도 있었을 것이다. 수십 가지 대안들 하나하나
가 기계적으로는 아무런 문제가 없었을 것이다. 그러나 그 건축가
인 산티아고 칼라트라바는 현대의 희망을 그에 어울리는 시정詩情
을 담아 바르셀로나 주민에게 전달할 수 있는 설계는 극소수뿐
임을 인식했다.

17
모더니즘과 과학의 관계가 일관성이 없다는 사실을 확인하면서

어떤 양식으로 지을 것인가?   79

우리는 한때 초기 모더니스트들이 근절하기를 바랐던 건축학적 대안들의 혼란스러운 과잉으로 돌아가게 된다. 건축의 카니발로 돌아가는 것이다. 우리 건물에 꽃을 조각하면 어떨까? 비행기와 벌레 그림을 새긴 콘크리트 판벽을 이용하면 어떨까? 마천루를 이슬람 모티프로 장식하면 어떨까?

공학이 우리에게 우리가 살 집의 모양을 규정해줄 수도 없고, 다원적이고 공경이라고는 찾아볼 수 없는 세상에서 선례나 전통을 찾을 수도 없다면, 우리는 모든 양식적 대안들을 자유롭게 추구할 수밖에 없다. 아름다움이 무엇인가 하는 질문은 명료하게 답을 하는 것이 불가능한 동시에 언급하는 것 자체가 창피하고 심지어 비민주적이라는 사실을 인정해야 하는 것이다.

18

그러나 건축이 해주는 이야기에 관한 존 러스킨의 도발적인 발언의 도움을 얻는다면 이런 황폐한 상대주의를 넘어설 수 있을지도 모른다. 그 발언을 들으면 우리는 건축이 우리가 분석하고 평가하는 개념들과 전혀 관련이 없는 단순한 시각적 대상이 아니라는 생각으로 방향을 틀게 된다. 건축은 **말을 한다**. 그것도 쉽게 분별할 수 있는 주제들에 관해서 말을 한다. 건축은 민주주의나 귀족주의, 개방성이나 오만함, 환영이나 위협, 미래에 대한 공감이나 과거에 대한 동경을 이야기한다.

디자인된 물건은 모두 자신이 지지하는 심리적 또는 도덕적인 태도에 대한 인상을 심어준다. 예를 들면 평범한 스칸디나비아의

왼쪽 티아스 에크호프, 레전트 세트, 포르스그룬드, 1961년.
오른쪽 파란 카메오 세트, 세브르, 1778년.

도자기 세트와 장식이 화려한 세브르의 도자기에서는 서로 구별되는 두 가지 성취 개념을 느낄 수 있다. 스칸디나비아 도자기는 민주적이면서도 우아한 감수성으로 우리를 초대하는 듯하며, 세브르의 도자기는 계급에 얽매여 격식을 차리는 기질을 드러내는 듯하다.

본질적으로 디자인과 건축 작품이 우리에게 말하는 것은 그 내부나 주변과 가장 어울리는 생활이다. 이 작품들은 그 거주자들에게 장려하고 또 유지하려고 하는 어떤 분위기에 관해서 말한다. 우리를 따뜻하게 해주고 기계적인 방식으로 우리를 도우면서도 동시에 우리에게 특정한 종류의 사람이 되라고 권유를 한다. 행복의 전망에 관해서도 이야기를 한다.

따라서 어떤 건축이 아름답다고 묘사하는 것은 단순히 미학적으로 좋다는 뜻 이상이다. 그것은 이 구조물이 지붕, 문손잡이, 창틀, 층계, 가구를 통해서 장려하고자 하는 특정한 생활방식의 매력을 내포한다. 아름답다는 느낌은 좋은 생활이라는 우리의 관념이 물질적으로 표현되었을 때에야 얻는 것이다.

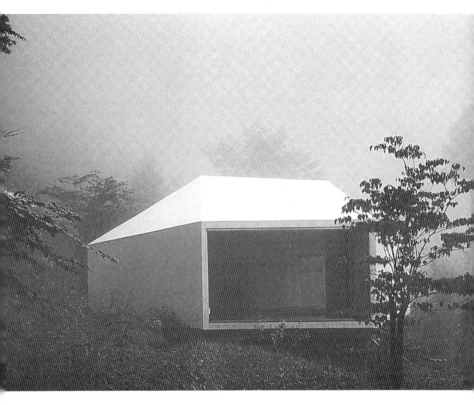

건물이 우리에게 무슨 이야기를 해주기를 바라는가?
왼쪽 마이클 샌리 홈스, 오킹턴 플레이스, 미들섹스, 2005년.
오른쪽 마코토 야마구치의 사무실, 빌라, 가루이자와, 2003년.

마찬가지로 건축이 불쾌하게 느껴지는 것도 그것이 어떤 개인적이고 신비한 시각적 선호에 거슬렸기 때문이 아니라, 우리가 이해하는 올바른 존재감각과 갈등을 일으켰기 때문이다. 그래서 어떤 건축이 어울리느냐를 두고 벌이는 논쟁이 종종 심각해지고 살벌해지는 것이다.

19

토론의 초점을 단순히 시각적인 것으로부터 건축물이 장려하는 가치로 옮겨갈 때 유리한 점은 건축 작품의 겉모습에 관한 이야기를 다룰 수 있게 된다는 것이다. 사람, 관념, 정치적 의제에 관한 더 폭넓은 토론을 할 때와 마찬가지이다.

무엇이 아름다운가에 관한 논쟁은 무엇이 지혜롭거나 옳은가에 관한 논쟁보다 해결이 더 쉽지는 않지만, 그렇다고 더 어렵지도 않다. 우리는 법적 입장이나 윤리적 태도를 방어하거나 공격하는 것과 마찬가지로 아름다움의 개념을 방어하거나 공격할 수 있다. 우리는 어느 건축물이 우리에게 하고자 하는 이야기에 기초하여 왜 그 건축물이 바람직하거나 불쾌하다고 생각하는지 이해할 수 있고 또 사람들에게 설명할 수 있다.

이야기하는 건축이라는 개념 덕분에 우리는 단지 우리가 좋아하는 겉모습이 무엇이냐 하는 문제에서 벗어나, 우리가 지키며 살고 싶은 가치의 문제를 건축적 난제의 핵심으로 끌고 들어올 수 있다.

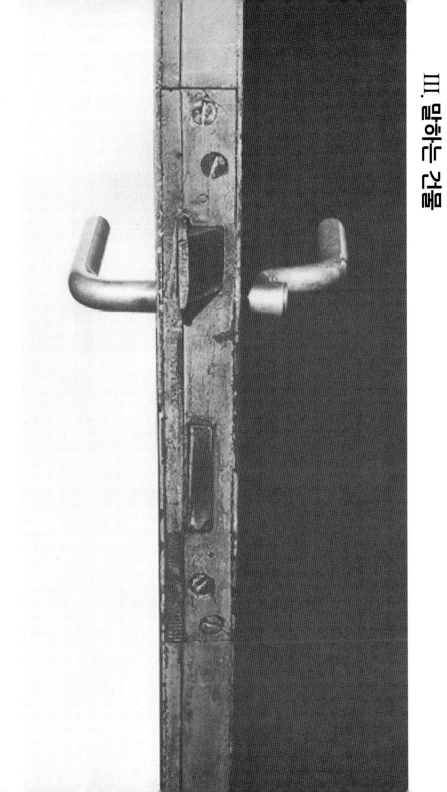

1

우리가 건물과 사물에 관심을 가질 때 물질적 기능을 수행하는 방식만이 아니라 우리에게 해주는 이야기도 고려한다면, 돌, 쇠, 콘크리트, 나무, 유리의 배치가 자신을 표현하는—드문 일이기는 하지만 우리에게 의미심장하고 감동적인 것들에 관해서 이야기하는—묘한 과정을 자세히 서술할 필요가 있다.

2

물론 실용적인 물건들에서 발산되는 의미를 분석하느라 오랜 시간을 보내는 것은 위험한 일이다. 전등 스위치나 수도꼭지에 감추어진 메시지를 판독하는 일에 몰두하다 보면 그런 설비에서 침실을 밝혀주거나 이를 닦아내는 수단 이상의 의미를 찾지 않는 상식적인 사람들의 경멸을 받기 십상이기 때문이다.

이런 조롱에 대한 예방접종을 하려면, 더 명상적인 태도로 사물을 바라보려는 노력에 자신감을 가지려면, 현대미술관에 한번 가보는 것이 도움이 될지도 모른다. 하얀 벽 안에 20세기의 추상 조각들을 모아놓은 미술관에서 우리는 3차원적인 덩어리들이 의미를 얻고 또 전달하는 방식을 살펴볼 수 있는 드문 기회를 얻는다. 그런 경험을 하고 나면 우리의 설비와 주택도 새로운 눈으로 보게 될지도 모른다.

추상적인 대상은 무슨 말을 할 수 있을까:
헨리 무어, 두 가지 형태, 1934년.

3

뭔지 알기 힘든 전시물들 때문에 조각가들이 경외감을 불러일으키는 동시에 비난을 받게 된 것은 20세기 전반기부터였다. 이 새로운 작품들은 고대 그리스 시대 이후 서양의 조각을 지배해온 모방의 야망에는 관심이 없었고, 어딘지 집 안의 가구와 닮은 면이 있었음에도 실용적인 기능은 없었다.

이런 한계에도 불구하고 추상 미술가들은 자신의 조각이 가장 위대한 주제를 이야기할 수 있다고 주장했다. 많은 비평가들도 그 주장에 동의했다. 헨리 무어의 작품을 두고 허버트 리드는 신이 방금 떠나버린 세계에 남은 인간들의 선과 잔혹을 논하는 논문이라고 말했다. 데이비드 실베스터는 알베르토 자코메티의 조각이 산업사회에서 자신의 진정한 자아로부터 소외된 인간의 고독과 욕망을 표현한다고 말했다.

때로는 거대한 귀마개나 뒤집힌 잔디 깎는 기계를 연상시키는 물체를 두고 그런 거창한 이야기를 하는 것에 웃음을 터뜨리기는 쉽다. 그러나 비평가들의 해몽이 꿈보다 좋다고 비난하는 대신, 추상 조각가들이 온갖 종류의 비구상적인 대상을 통해서 광범한 생각과 감정을 우리에게 전달할 기회를 주어야 한다. 나뭇조각과 줄, 석고와 금속 장치를 가지고 우리에게 커다란 관념들, 예를 들면 지혜나 친절, 젊음이나 노쇠에 관한 관념들을 전달할 수 있다는 것, 그것도 언어로 또는 인간이나 동물을 모방한 형상으로 전

위 알베르토 자코메티, 「흔적들의 시간」, 1930년; 재스퍼 모리슨, ATM 탁자, 2003년.
가운데 앤서니 카로, 「속삭임」, 1969년; 미스 반 데어 로에, 기둥, 바르셀로나 파빌리온, 1929년.
아래 도널드 저드, 「무제」, 1989년; 디너 앤드 디너, 미그로스, 루체른, 2000년.

말하는 건물

달하는 것만큼이나 잘 전달할 수 있다는 것이야말로 가장 뛰어난 조각가들의 재능이다. 실제로 위대한 추상 조각가들은 독특한 분열된 언어로 우리 삶의 중요한 주제에 관해서 이야기를 하는 데에 성공을 거두었다.

뒤집어 말하면 이 조각가들 덕분에 우리는 평소에 느끼지 못하던 강렬한 집중력으로 건물이나 가구를 포함한 모든 사물의 소통 능력에 관심을 가지게 된 셈이다. 미술관에 가서 영감을 얻고 나면 샐러드 그릇은 샐러드 그릇에 불과하다는 이전의 산문적인 믿음이 초라해 보일지도 모른다. 이제는 샐러드 그릇에도 희미하기는 하지만, 완전성, 여성성, 무한성 등 의미 있는 연상들이 머문다고 생각하게 될지 모른다. 책상, 기둥, 아파트 건물 같은 실용적인 물체를 볼 때도 우리 삶의 중요한 주제에 관한 추상적인 표현을 찾아낼 수 있을지 모른다.

4

어느 화창한 아침 콘월 주 세인트아이브스의 테이트 미술관. 돌판에 바버라 헵워스의 대리석 조각이 놓여 있다. 1936년에 처음 전시된 것이다. 이 세 조각의 돌이 무엇을 의미하는지 또는 나타내는지는 불분명하지만—그런 신비는 「두 개의 호弧와 하나의 구球」라는 간결한 제목에도 반영되어 있다—그럼에도 우리의 눈길을 끌고 또 보답을 해준다. 관심은 공과 그것을 받치고 있는 반원형의 쐐기 사이의 대립에 집중된다. 공은 불안정하면서도 힘이 넘쳐 보인다. 호의 모서리에서 굴러내려 방을 가로지르기를 간절

바버라 헵워스, 「두 개의 호와 하나의 구」, 1936년.

히 바란다는 것을 느낄 수 있다. 이런 충동성과는 대조적으로 함께 있는 쐐기는 성숙과 안정의 느낌을 준다. 양 옆에서 공을 부드럽게 끌어안고 그 돌격하고자 하는 충동의 무모함을 길들이는 것 같다. 이 작품을 보면서 우리는 부드러우면서도 장난기가 넘치는 관계를 목격하는데, 이 관계는 광택을 낸 하얀 대리석이라는 원시의 매체를 통해서 웅장하게 표현된다.

정신분석적 비평가 에이드리언 스토크스는 헵워스에 대한 에세이에서 겉으로는 단순해 보이는 이 작품의 힘을 분석해보려고 했다. 그는 아주 흥미로운 결론에 이르렀다. 이 조각이 우리에게 감동을 준다면 그것은 우리가 무의식적으로 이것을 가족의 초상으로 이해했기 때문인지도 모른다고 말한 것이다. 구의 이동성과 통통하고 충만한 모습은 은근히 뺨이 통통한 아이가 꿈틀거리는 모습을 연상시킨다. 반면 밑에서 좌우로 몸을 흔드는 듯한 조각의 넉넉한 형태는 차분하고, 관대하고, 하체가 큼직한 어머니의 느낌을 준다. 이 전체에서 우리는 우리 삶의 핵심적 주제를 희미하게나마 포착한다. 돌에 새겨진 모성母性을 느끼는 것이다.

스토크스의 이야기를 듣다 보면 두 가지 생각이 떠오른다. 첫째, 우리는 별 어려움 없이 어떤 대상에서 인간 또는 동물을 연상한다는 것이다. 돌조각에는 다리도, 눈도, 귀도, 나아가서 생물과 연결시킬 수 있는 특징이라고는 전혀 없을 수도 있다. 하지만 어머니의 허벅지나 아기의 뺨을 슬쩍 암시하는 것이라도 나타나면 우리는 그것을 인물로 읽기 시작한다. 이런 투사 경향 때문에 우리는 헵워스의 조각에서도 모성을 더 직설적으로 표현한 그림에서처럼 감동을 받게 된다. 우리의 내적인 눈은 구상적 회화의 표현 능력과 배

열된 돌들의 표현 능력 사이에 차이를 두지 않기 때문이다.

두 번째로, 우리가 추상적인 조각들, 그리고 그 연장선상에서 탁자와 기둥을 좋아하는 이유는 결국 우리가 구상적인 작품을 존중하는 이유와 그렇게 다르지 않다는 것이다. 우리는 양쪽 어느 장르이든 인간과 동물의 속성 가운데 가장 매혹적이고 의미 있는 것을 환기시켜 줄 때 그 작품이 아름답다고 말한다.

5

일단 보겠다고 마음을 먹으면, 우리 주위의 가구와 집에서 살아 있는 형태를 암시하는 것들을 부족함 없이 찾을 수 있다. 주전자에는 펭귄이 있으며, 탕관湯罐에는 건장하고 자존심 강한 인물이 있으며, 책상에는 우아한 사슴이 있으며, 식탁에는 황소가 있다.

알프레트 메셸이 설계한 베를린의 베르트하임 백화점 지붕에서

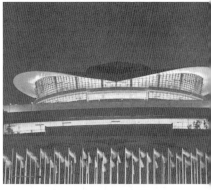

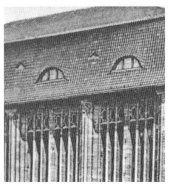

고슴도치, 딱정벌레, 눈, 다리:
위의 왼쪽에서 시계방향으로
포스터 앤드 파트너즈, 세이지 아트 센터, 게이츠헤드, 2005년.
히자스 카스투리, 컨벤션 센터, 푸트라자야, 2003년.
알프레트 메셀, 베르트하임 백화점, 베를린, 1904년.
엑토르 기마르, 카스텔 베랑제, 파리, 1896년.

는 피곤하고 회의적인 눈이 우리를 내다보고 있으며, 파리의 카스텔 베랑제는 위로 들어올린 곤충의 다리 모양의 담장에 둘러싸여 있다. 말레이시아의 푸트라자야 컨벤션 센터에는 호전적인 딱정벌레가 웅크리고 있으며, 게이츠헤드의 세이지 아트 센터에는 고슴도치와 비슷한 생물이 도사리고 있다.

활자로 찍은 글자처럼 작은 것에서도 풍부하게 발전한 개성을 탐지할 수 있으며, 그 삶과 백일몽에 관하여 어려움 없이 단편소설 한 편이라도 써낼 수 있다. 헬베티카 활자 "f"의 곧은 등과 빈틈없는 꼿꼿한 태도는 정확하고, 깔끔하고, 낙관적인 주인공을 암시한다. 반면 폴리필루스 활자의 "f"는 그 숙인 머리와 부드러운 이목구비 때문에 졸린 듯한 느낌, 수줍은 모습으로 시름에 잠긴 듯한 느낌을 준다. 이 단편은 행복한 결말을 보기 힘들 것 같다.

주방용품 가게에서도 마찬가지로 생생하고 다양한 유형들을 만날 수 있다. 손잡이가 달린 잔은 일반적으로 여성적으로 보이는데, 이 범주로 들어가면 마음이 따뜻한 부인, 조숙한 소녀, 감성이 풍부한 여류 문학가를 만날 수 있다. 반면 남성적으로 보이는 텀블러에서는 벌채 노동자와 엄격한 공무원을 만날 수 있다.

가구나 건축을 살아 있는 존재와 동등하게 보는 전통은 로마의 작가 비트루비우스에게까지 거슬러올라간다. 그는 고전주의의 주요한 세 범주 각각을 그리스 신화에 등장하는 원형적인 인간이나 신과 짝을 지어놓았다. 도리스 양식의 기둥은 그 장식 없는 주두柱頭와 납작한 옆모습 때문에 근육질에 군인다운 영웅 헤르쿨레스와 동등하다고 보았다. 이오니아 양식의 기둥은 소용돌이 장식이 있는 주두와 주기柱基 때문에 둔감한 중년의 여신 헤라와 동일시했다. 코린트 양식의 기둥은 셋 가운데 가장 복잡한 장식을 갖추었을 뿐만 아니라, 가장 큰 키에 늘씬한 종단면 때문에 아름다운 사춘기의 여신 아프로디테와 같다고 보았다.

우리도 비트루비우스에게 경의를 표하는 의미로 자동차 여행을 하면서 차량용 다리의 기둥을 다리가 둘 달린 인간과 적절하게 짝지어볼 수도 있다. 어떤 다리는 명랑한 표정으로 앉아 있는 여자가 지탱하고 있을 수도 있고, 어떤 다리는 권위적인 분위기의 딱딱하고 신경질적인 회계사가 받치고 있을 수도 있다.

겉으로는 아주 작아 보이는 특징으로 사물의 개성을 판단할 수 있다면(테두리의 각도에 약간 변화를 주는 것만으로도 포도주 잔은 겸손에서 오만으로 바뀔 수 있다), 그것은 우리가 먼저 인간을 관찰하면서 이런 기술을 얻었기 때문이다. 우리는 피부조직이나 근육의 극히 작은 측면을 근거로 인간의 성격을 판단한다. 사람의 눈은 기계적인 의미에서 보면 믿을 수 없을 정도로 조금만 움직여도 그 표정이 사과에서 독선으로 바뀔 수 있다. 동전 하나만 한, 폭의 차이로 걱정하는 이마가 집중하는 이마가 되기도 한다. 또는 실쭉함을 내포한 입이 슬픔을 암시하는 입으로 바뀌기도 한다.

슬프고 빈정거리는   교활하고 천박한   온유하고 용서하는

얼굴의 의미 :
요한 카스파르 라바터, 『인상학』(1783)

그런 미세한 변화를 글로 표현하는 것이 스위스의 사이비 과학자 요한 카스파르 라바터의 필생의 작업이었다. 그의 네 권짜리 저서 『인상학*Essays on Physiognomy*』(1783)은 이목구비에서 상상할 수 있는 거의 모든 의미를 분석하고, 턱, 눈, 이마, 입, 코의 모습을 선화線 畵로 수도 없이 묘사한 뒤, 각 그림에 그것을 해석하는 형용사를 붙여놓았다.

우리는 살아 있는 형태로부터 여러 가지 정보를 연역하는 데에 익숙하며, 이런 습관 때문에 경쟁하는 건축 양식으로부터 서로 다른 강렬한 감정을 이끌어낸다. 단 1밀리미터 차이로 둔감한 입과 자비로운 입이 갈라진다면, 창문의 형태나 지붕 선의 차이로 느낌이 확 달라지는 것도 이해할 만하다. 우리가 시간을 함께 보내는 사람들의 얼굴을 미세하게 관찰하고 구별하는 것처럼, 함께 살아

자비롭고 부드러운   잔인하고 냉소적인   어리석고 매우 관능적인

누구를 친구로 삼고 싶은가?

가는 사물의 의미를 구별하는 것도 자연스러운 일이다.

어떤 건물이 매력적이지 못하다고 느끼는 것은 우리가 그 정면에서 희미하게 연상하는 생물이나 인간의 기질이 마음에 들지 않는다는 뜻일 수도 있다. 마찬가지로 어떤 건물이 아름답다고 느끼는 것은 그것이 살아 있는 형태일 경우에 우리가 좋아할 만한 특질을 가졌다고 생각하는 것일 수도 있다. 우리가 건축 작품에서 찾는 것은 결국 친구에게서 찾는 것과 그리 멀지 않다. 우리가 아름답다고 묘사하는 대상은 우리가 사랑하는 사람들의 다른 모습인 셈이다.

6

대상이 사람처럼 보이지 않을 때에도 그것이 어떤 인간적 성격을 가지고 있을지 쉽게 상상해볼 수 있다.

형태, 질감, 색깔에서 인간과 비슷한 면을 찾아내는 우리의 솜씨는 아주 뛰어나서 우리는 별 것 아닌 것처럼 보이는 형태에서도 성격을 끄집어낸다. 선 하나도 많은 것을 이야기한다. 직선은 안

행복의 건축

정되고 둔감한 사람의 느낌을 준다. 물결선은 맵시를 낸 차분한 사람처럼 느껴진다. 톱니 같은 선은 화가 나서 어쩔 줄을 모르는 것 같다.

두 의자의 등받이 버팀대를 생각해보라. 둘 다 어떤 분위기를 표현한다. 곡선 버팀대는 편안함과 장난스러움을 이야기한다. 직선 버팀대는 진지함과 논리를 이야기한다. 그러나 둘 다 인간의 형태와는 거리가 멀다. 추상적으로 두 가지 서로 다른 기질을 나타낼 뿐이다. 직선적인 나무 의자는 안정되고 상상력 없는 사람이 자신의 생활 반경 내에서 행동하는 듯한 모습을 보여준다. 반면 곡선을 그리는 의자의 구불구불한 모습은 간접적으로나마 구김살 없고 멋을 부리는 사람이 드러내는 편안한 우아함에 상응한다.

인간은 심리적 세계를 외부의 시각적이고 감각적인 세계와 쉽게 연결시킬 수 있기 때문에 언어에 비유가 생긴다. 우리는 어떤 사람

루돌프 아른하임의 결혼생활에 관한 두 가지 이야기, 『시각적 사고』(1969)

이 뒤틀렸거나 어둡다고, 부드럽거나 단단하다고 이야기한다. 우리는 강철 같은 마음을 가질 수도 있고 푸르스름한 울적한 분위기에 빠져들 수도 있다. 우리는 어떤 사람을 콘크리트 같은 물질이나 부르고뉴 같은 색깔에 비유할 수 있고, 그렇게 해서 그 사람의 개성의 한 면을 전달할 수 있다.

  독일의 심리학자 루돌프 아른하임은 학생들에게 선을 이용해서 좋은 결혼과 나쁜 결혼을 그려보라고 한 적이 있다. 그 결과로 나온 구부러진 선들로부터 아른하임의 지시 사항을 거꾸로 추측해서 올라가는 것은 매우 어려울지도 모르지만, 그래도 비슷하게 다가갈 수는 있다. 이 선들은 두 가지 서로 다른 관계의 특질의 어떤 면을 놀라울 정도로 성공적으로 포착하고 있기 때문이다. 부드러운 곡선은 사랑이 담긴 결합의 평화롭고 물 흐르는 듯한 과정을 반영한다. 반면 격렬하게 소용돌이치는 스파이크가 나타난 선은 상대를 비꼬고 기죽이는 말대꾸나 큰 소리를 내며 문을 닫는 행동의 시각적 속기 역할을 한다.

  종이에 긁적거린 서툰 낙서조차 우리의 심리적 상태를 정확하고 유창하게 표현할 수 있다면, 건물 전체를 놓고 볼 때 표현의 잠재력은 기하급수적으로 늘어난다. 바이외 성당의 뾰족한 아치는 열

행복의 건축

대조적 기질:
왼쪽 우르비노의 공작궁, 1479년. 오른쪽 바이외 성당, 1077년.

의와 집중을 표현한다. 우르비노의 공작궁 뜰에 있는 둥근 아치
는 고요와 균형을 체현한다. 궁의 아치들은 인생의 난제들을 뚫
고 나가는 사람처럼 사방으로부터 다가오는 압력에 균등하게 저
항하며, 바이외 성당의 아치에서 불가피하게 느낄 수밖에 없는 영
적 위기와 감정적 발산을 피해간다.

　아른하임이 한 일을 몇 걸음 더 진전시켜, 독일 역사의 두 시기
에 관한 비유적 이미지를 만들어보라는 과제를 내줄 수도 있다.
즉 파시스트 국가 시기와 민주공화국 시기이다. 단지 연필만이 아
니라 돌, 강철, 유리를 가지고 그 과제를 수행할 경우, 알베르트
슈피어와 에곤 아이어만의 상징성 높은 설계를 능가하는 것을 만
들어내지는 못할 것이다. 이들은 제2차 세계대전 전과 후에 각각
열린 만국박람회에서 독일관을 만든 사람들이다. 1937년 파리 박

DEUTSCHLAND

람회에서 슈피어가 보여준 작품은 높이, 부피, 그림자 등 권력에서 핵심적인 역할을 하는 시각적 비유들을 이용하고 있다. 이 작업을 후원한 정부의 기장旗章을 굳이 보지 않더라도 이 150미터에 이르는 신고전주의적 거상巨像에서 뭔가 불길하고, 호전적이고, 도전적인 것을 분명하게 느낄 수 있다. 반면 21년이 지나 세계대전이 끝나고 나서도 꽤 세월이 흐른 뒤인 1958년 브뤼셀에서 열린 만국박람회의 독일관에서 에곤 아이어만은 서로 성격이 매우 다른 비유를 세 가지 사용한다. 차분함을 암시하는 수평, 부드러움을 암시하는 가벼움, 민주주의를 환기하는 투명.

재료와 색채는 너무나 웅변적이기 때문에, 건물의 전면은 나라를 어떻게 다스리고 외교정책을 어떤 원리가 관장해야 하는지 말해줄 수 있다. 창틀이나 문손잡이에 정치와 윤리적 관념들을 적어넣을 수 있다. 돌 받침 위에 놓인 추상적인 유리 상자가 고요와 문명을 찬미하는 노래를 부를 수도 있다.

7

그러나 물체와 건물이 의미를 전달하는 제3의 방법도 있다. 워싱턴의 독일 대사관저에 저녁 초대를 받는다면 그 점을 느낄 수 있을지도 모르겠다. 미국 수도 북서부의 숲으로 덮인 산비탈에 자리잡은 독일 대사관저는 형식적이고 고전적인 분위기를 풍기는 당당한 구조물이다. 외벽은 하얀 석회암이 감싸고 있으며, 그 내

맞은편 위 알베르트 슈피어, 독일관, 만국박람회, 파리, 1937년.
맞은편 아래 에곤 아이어만, 독일관, 만국박람회, 브뤼셀, 1958년.

왼쪽 알베르트 슈피어, 회랑, 제펠린펠트, 뉘른베르크, 1939년.
오른쪽 오스발트 마티아스 웅거스, 독일 대사관저, 워싱턴, 1995년.

부는 대리석 바닥, 떡갈나무 문, 가죽과 강철 가구가 지배하고 있
다. 식전에 거품이 이는 라인 포도주와 칵테일 소시지를 먹으러 베
란다로 안내를 받아 나간 사람들 가운데 어느 정도 역사적 의식
만 있는 사람이라면 예기치 않게 충격적인 광경과 만나게 된다.
우리를 초대한 주인이 흠 잡을 데 없이 예의바른 태도와 완벽한
영어로 눈앞에 보이는 스카이라인의 특징을 설명하는 동안 우리
는 입을 떡 벌리게 된다. 그러나 우리가 놀라는 것은 도시의 여러
랜드마크의 실루엣 때문이 아니라, 주랑 현관 자체 때문이다. 이
주랑 현관은 우리의 귀에 대고 횃불을 밝힌 행렬, 군대 사열, 군인
들의 경례에 관해서 속삭인다. 그 크기로 보나 형태로 보나 독일
대사관저의 후면은 알베르트 슈피어가 뉘른베르크 연병장에 지은
회랑을 기괴할 정도로 닮았다.

　건물이 우리에게 말을 하는 방법에는 인용도 있다. 즉 우리가
전에 그것을, 또는 그 짝이나 원본을 보았던 맥락을 가리키거나

그 기억을 자극하는 것이다. 연상을 촉발하여 자신의 의사를 전달하는 것이다. 우리는 건물이나 가구를 보면 어김없이 그것을 우리 자신의 역사적이고 개인적인 환경과 묶으려고 한다. 그 결과 건축이나 장식의 여러 양식은 우리가 그것을 만났던 순간과 배경의 감정적 기념물이 된다.

우리의 눈과 뇌는 매우 주의가 깊어서 아주 소소한 것과 만나도 기억들이 풀려난다. 아르데코 활자의 배불뚝이 "B"나 입을 떡 벌린 "G"만으로도 멜론 모자를 쓴 머리가 짧은 여자나 팜비치와 르투케에서 휴가를 보내라고 광고하는 포스터에 대한 백일몽을 꿀 수 있다.

ABCDEFGHIJKLMNOPQRSTUVWXYZ

세제나 차에서 풍기는 냄새만으로도 어린 시절의 기억이 풀려나오듯이, 선 몇 개의 각도에서도 문화 전체가 튀어나올 수 있다. 가파르게 물매가 진 타일 지붕을 보면 영국의 미술공예운동이 즉시 떠오르고, 물매가 두 단으로 된 맞배지붕을 보면 스웨덴의 역사와 스톡홀름 남부의 군도에서 보낸 휴가의 기억이 빠르게 머리를 스친다.

런던 에식스 로드의 칼턴 시네마를 지나다보면 그 창문이 왠지 야릇하게 이집트적이라고 중얼거릴 수도 있다. 이런 양식적인 용어는 과거의 어느 시점에서—아마 저녁을 먹으면서 고대 이집트에 관한 다큐멘터리를 보다가—우리 눈이 카르나크, 룩소르, 필레의 신전으로 들어가는 탑문 입구의 각도를 눈여겨보았기 때문에 떠오르는 것이다. 우리는 그 반쯤 잊었던 세목을 되살려서 그

왼쪽 C.F.A. 보이지, 무어크래그, 컴브리아, 1899년.
오른쪽 스탈라르홀멘, 마리에프레드 근처, 스웨덴, 1850년경.

것을 위로 갈수록 좁아지는 도시의 어떤 창문에 적용한다. 잠재
의식이 정보를 완전히 소화하여 의식적 자아가 전혀 표현할 수 없
는 연결을 이루어내는 시냅스 과정의 증거인 셈이다.

　건축가들은 우리의 연상 능력에 의존하여 아치나 창에 잔물결
을 일으키고, 이것이 이슬람을 가리키는 상징으로 이해될 것이라
고 확신한다. 회랑에 색을 칠하지 않은 나무 널을 붙여놓고, 시
골의 허세 없는 분위기를 그럴듯하게 암시할 수 있다. 발코니 주

왼쪽 이시스 신전, 필레, 기원전 140년경.
오른쪽 조지 콜, 칼턴 시네마, 에식스 로드, 런던, 1930년.

　　　　　　　　　　　　　행복의 건축

위에 희고 굵은 난간을 쳐놓으면 바닷가 빌라들이 대양 정기선과 해양생활 이야기를 해줄 것이라고 믿는다.

그러나 연상은 자의적이기 때문에 혼란을 주기도 한다. 특정한 건축학적 미덕이나 악덕과는 관련이 없는 이유로 대상이나 건물에 평결을 내리도록 유도하기도 하기 때문이다. 건물 자체보다 건물이 상징하는 것에 기초하여 판단을 내릴 수도 있다는 것이다.

예를 들면, 대학 시절에 불행한 생활을 했던 집의 양식이라는 이유로 19세기 고딕을 싫어할 수도 있다. 불행하게도 나치가 좋아했다는 이유로 신고전주의를 욕할 수도 있다(독일 대사관저나 건축가 카를 프리드리히 싱켈의 작품이 그런 사례이다).

이런 경우는 건축이나 미술 양식이 해롭고 변덕스러운 연상으로 피해를 보는 실례이다. 실제로 그런 예술품이 타고난 매력을 회복하는 데는 시간 외에 다른 것은 거의 필요하지 않다. 몇 세대 정도만 거리가 벌어져도 이전 시대를 구속하던 편견에서 벗어나 대상이나 건물을 볼 수 있다. 시간이 흐르면 지나치게 열정적인 예수회 수사나 종교재판의 불길이라는 이미지를 젖혀놓고 자그마한 17세기 동정녀 마리아 상을 바라볼 수 있다. 시간이 흐르면 로코코의 세밀한 장식도 혁명적 보복으로 파괴된 귀족적 퇴폐의 단순한 상징으로 보기보다는 그 나름의 맥락에서 받아들이고 사랑할 수 있다. 또 시간이 흐르면 심지어 독일 대사관저의 베란다에 섰을 때도 나치 돌격대원이나 횃불을 든 행렬의 영상에 시달리지 않고 그 주랑 현관의 당당하고 대담한 형식에 감탄할 수 있을지도 모른다.

따라서 진정으로 아름다운 작품이란 우리의 긍정적이거나 부정적인 투사를 견딜 만한 내적 자산을 갖춘 것이라고 정의할 수 있을지 모른다. 그런 작품은 좋은 특질을 단지 상기시키는 것이 아니라 스스로 체현한다. 따라서 시간적이고 지리적인 기원을 넘어 살아남고, 최초의 관객이 사라지고 나서 오랜 시간이 흐른 뒤에도 자신의 의도를 전달할 수 있다. 이런 위대한 작품은 우리의 지나치게 관대하거나 속 좁은 연상의 밀물과 썰물 위에 우뚝 서서 자신의 속성을 있는 그대로 보여줄 수 있다.

8

작품과 건물의 표현 잠재력에도 불구하고 그들이 해주는 이야기에 관한 논의는 드물다. 의인화된, 비유적인, 환기적인 의미를 파고들기보다는 역사적 근원과 양식적인 수사를 생각하는 편이 아무래도 더 편한 것 같다. 건물이 해주는 이야기에 관해서 논의를 하는 일은 여전히 어색한 것이다.

만약 건축학적 특징과 그들이 해주는 이야기가 더 분명하게 연결되어 있다면, 예를 들어 매체와 형식을 감정이나 관념과 체계적으로 연결시켜주는 사전이 있다면, 그런 논의가 더 쉬워질지도 모른다. 그러한 사전이 (생각할 수 있는 모든 지붕 각도와의 두께나 유형에 관계없이 모든 기둥의) 양식이나 크기만이 아니라, (알루미늄과 강철, 테라코타와 콘크리트 등과 같은) 재료의 분석까지 제공하면 정말 큰 도움이 될 것이다. 여기에는 오목 선과 볼록 선의 의미, 반사 거울과 일반 거울의 의미까지 포함될 것이다.

이 사전은 건축가들에게 조명용품이나 철물에 관한 정보를 제공하는 거대한 카탈로그와 비슷할 테지만, 그런 카탈로그와는 달리 기계적인 성능이나 건축법규 준수 여부에 초점을 맞추기보다는 건축을 구성하는 모든 요소의 표현적 의미를 설명할 것이다.

이 사전은 세세한 부분에까지 포괄적인 관심을 가지기 때문에, 단어 하나 바꾸는 것으로 시 전체의 의미가 달라지듯이, 직선으로 된 석회암 상인방을 둥그스름하게 휜 벽돌 상인방으로 교환했을 때, 집의 인상이 달라질 수 있다는 사실을 인정할 것이다. 이런 사전의 도움을 받는다면, 우리는 우리의 환경을 예민하게 읽는 의식적인 독자를 넘어서서, 환경의 작가가 될 수 있을지도 모른다.

9

그러나 그런 사전이 있다고 해도, 그것은 건축물이 우리에게 해주는 이야기에 주석을 다는 데는 유용할지 모르지만, 그 자체로는 어떤 건축이 아름답게 이야기할 수 있는 이유까지 설명하지는 못할 것이다.

우리가 감탄하는 건물은 결국 여러 가지 방식으로 우리가 귀중하다고 생각하는 가치를 상찬한다. 즉 이런 건물은 재료를 통해서든, 형태를 통해서든, 색채를 통해서든, 우정, 친절, 섬세함, 힘, 지성 등과 같은 누구나 인정하는 긍정적인 특질들과 관련을 맺는다. 아름다움에 대한 우리의 감각과 좋은 삶의 본질에 대한 우리의 이해는 서로 얽혀 있다. 우리는 침실에서 평화를 연상하려고 하고, 의자에서 관대와 조화의 비유를 찾고, 수도꼭지에서 정직하고 솔직한 분위기를 구한다. 우리는 우아하게 천장과 만나는 기둥,

장난스러움과 예의바름의 조화:
토머스 레버턴, 부채꼴 채광창, 베드퍼드 광장, 1783년.

지혜를 암시하는 낡은 돌계단, 부채꼴 채광창으로 장난스러움과 예의바름을 동시에 보여주는 조지 왕조 시대의 문간에서 감동을 받는다.

시각적 취향과 우리의 가치 사이의 친밀한 제휴를 가장 투명하게 표현한 사람은 스탕달이었다. "아름다움은 행복의 약속이다." 그의 경구는 우리의 아름다움에 대한 사랑을 미학에 관한 학문적 몰두와 구별하고, 대신 그것을 우리가 전인全人으로서 윤택하게 살아가는 데에 필요한 특질들과 통합해주는 미덕이 있다. 행복의 추구가 우리 삶의 밑바닥에 있는 과제라면, 그것은 동시에 아름다움이 암시하는 핵심적인 주제일 수밖에 없다.

그러나 스탕달은 행복을 위한 필요조건이 꽤나 복잡하다는 점을 예민하게 의식했기 때문에, 지혜롭게도 특정한 양식의 아름다움을 구체적으로 지목하는 일은 삼갔다. 사실 한 개인으로서 우리는 허영이 우아함만큼이나 매력적이라고 생각할 수도 있고, 호전성을 존경심만큼이나 흥미롭게 느낄 수도 있다. 스탕달은 사람들이 추구하는 다양한 목표를 고려하여 "행복"이라는 큼지막한 말을 사용했다. 스탕달은 인류가 윤리적인 취향만이 아니라 시각적 취향을 놓고도 늘 갈등을 일으킨다는 점을 이해했기 때문에 이렇게 덧붙였다. "행복을 바라보는 관점만큼이나 아름다움의 양식도 다양하다."

건축이나 디자인 작품을 아름답다고 말하는 것은 그것이 우리의 번영에 핵심적인 가치를 표현한다는 사실, 우리의 개인적 이상이 물질적 매체로 변용될 수 있다는 사실을 인정하는 것이다.

모든 건축 양식은 자신이 이해하는 행복을 이야기한다 :
존 파디, 더킷 하우스, 뉴포리스트, 2004년.

기억

1

우리가 아름답다고 묘사하는 건축이나 가구가 행복의 여러 측면
을 떠올리게 하는 것이 사실이라고 해도, 그렇게 떠올리는 것이 왜
우리에게 필요하냐고 물을 수도 있다. 존엄과 명료함과 같은 특
질들이 우리의 삶에서 어떤 역할을 하기를 원하는 이유는 쉽게 이
해할 수 있다. 그러나 우리 주위의 물건들이 우리에게 자신의 이
야기를 해주는 것이 왜 필요한지는 그렇게 분명하지 않다. 우리
환경이 우리에게 하는 말이 왜 중요한가? 왜 건축가들은 특정한
정서와 관념을 표현하는 건축물을 굳이 설계하며, 왜 우리는 우리
에게 맞지 않는 암시가 울려퍼지는 장소에서는 부정적인 영향을
받는가? 왜 우리는 우리가 거주하는 장소들이 하는 말에 약한가,
그렇게 불편할 정도로 약한가?

2

우리가 환경에 민감한 이유는 인간 심리의 곤혹스러운 특징에서
찾아볼 수도 있다. 우리가 우리 내부에 수많은 자아를 품는 방식
에서 말이다. 그 모든 자아가 똑같이 "나"처럼 느껴지는 것은 아니
다. 이런 불협화음 때문에 어떤 특정한 분위기에서는 스스로 나의
진정한 자아라고 규정하는 것으로부터 멀어졌다고 불평을 하기

행복의 건축

도 한다.

안타깝게도 우리가 그런 순간에 그리워하는 자아, 즉 우리 인격 가운데 진정하고, 창의적이고, 자발적인 면은 손에 잘 잡히지 않아서 마음대로 불러낼 수가 없다. 우리 자신이 초라하게 느껴질지도 모르지만, 우리가 우연히 머물게 된 장소에 따라, 벽돌의 색깔, 천장의 높이, 거리의 배치에 따라서 그런 자아에 접근할 수도 있고 접근하지 못할 수도 있다. 도로 세 개가 교차하는 곳에 자리를 잡아 목이 졸리는 듯한 느낌을 주는 호텔의 방에서, 또는 황폐한 고층 빌딩들로 이루어진 황무지 같은 곳에서는 낙관주의와 목적의식이 구멍 난 그릇의 물처럼 새어나가기 십상이다. 심지어 우리에게 야망이 있었다는 것, 활기차게 희망을 품어볼 만한 이유가 있었다는 것조차 잊어버릴 수도 있다.

우리는 환경이 우리가 존중하는 분위기와 관념을 구현하고, 우리에게 그것을 일깨워주기를 은근히 기대한다. 건물이 일종의 심리학적 틀처럼 우리를 지탱하여, 우리에게 도움이 되는 우리 자신의 모습을 유지해주기를 기대한다. 우리 내부에 필요한 것—그러나 필요하다는 사실 자체를 잊을 위험이 있는 것—을 표현해주는 물질적 형태들을 주위에 배치한다. 벽지, 벤치, 그림, 거리가 우리의 진정한 자아의 실종을 막아주기를 기대한다.

어느 장소의 전망이 우리의 전망과 부합되고 또 그것을 정당화해준다면, 우리는 그곳을 "집"이라는 말로 부르곤 한다. 꼭 우리가 영구히 거주하거나 우리 옷을 보관해주어야 집이라는 이름을 붙이는 것은 아니다. 어떤 건물과 관련하여 집 이야기를 하는 것은 단지 그것이 우리가 귀중하게 여기는 내적인 노래와 조화를 이룬다는 사실을 인정하는 방식일 뿐이다. 집은 공항이나 도서관일 수도 있고, 정원이나 도로변 식당일 수도 있다.

집을 사랑한다는 것은 또 우리의 정체성이 스스로 결정되는 것이 아님을 인정하는 것이다. 우리에게는 물리적인 집만이 아니라 심리적인 의미의 집도 필요하다. 우리의 약한 면을 보상하기 위해서이다. 우리에게는 마음을 받쳐줄 피난처가 필요하다. 세상의 아주 많은 것이 우리의 신의와 대립하기 때문이다. 우리에게는 우리 자신의 바람직한 모습을 바라보게 해주고, 중요하면서도 쉽게 사라지는 측면들이 살아 있도록 유지해줄 방이 필요하다.

3

정체성을 결정하는 데에 환경이 중요한 역할을 한다는 점을 가장 많이 고려한 것은 세계의 위대한 종교들인 듯하다. 그래서인지 종교는 우리가 잠들 수 있는 곳은 거의 짓지 않으면서도, 집을 필요로 하는 우리 마음에는 가장 큰 공감을 보여주었다.

종교적 건축의 원리 자체가 우리가 있는 장소가 우리가 믿는 것을 결정하는 데에 중요한 역할을 한다는 관념에 기원을 두고 있다. 종교적 건축의 옹호자들이 보기에는 우리가 어떤 신조에 헌신한다고 입으로 아무리 떠들어도, 건물을 통해서 계속 확인을 받지 못하면 실제로 헌신을 하지 못한다. 우리는 감정 때문에 부패하고 사회에서 교제하는 바람에 길을 잃고 방황할 위험에 빠지기 때문에, 외부의 가치들이 내부의 갈망을 고무하고 강조해줄 장소가 필요하다. 우리는 벽이나 천장에 표현된 것 때문에 신에게 가까워질 수도 있고 신으로부터 멀어질 수도 있다. 우리 자신의 가장 신실한 부분에 늘 진실하려면 금과 청금석으로 칠해놓은 판벽, 색깔을 칠한 유리창, 흐트러짐 하나 없이 갈퀴질을 해놓은 자갈 정원이 필요하다.

4

몇 년 전에 비가 억수로 퍼붓던 어느 날 점심을 함께 먹기로 한 친구에게 바람을 맞는 통에 두어 시간을 혼자 보내야 했던 적이 있었다. 나는 런던 빅토리아 스트리트의 우윳빛 유리와 화강암 블록 안에서 비를 피했다. 맥도널드의 웨스트민스터 지점이 자리잡고 있는 곳이었다. 식당 안의 분위기는 엄숙했으며, 산만함이라고는 찾아볼 수 없었다. 손님들은 혼자 식사를 하며 신문을 읽거나 갈색 타일을 물끄러미 응시했다. 다들 엄숙하고 무뚝뚝한 표정으로 음식을 씹고 있었는데, 그것만 **빼면** 이 급식용 우리의 분위기는 예의바르고 쾌적하다고 할 수도 있었다.

이 환경은 모든 종류의 관념을 터무니없는 것으로 만들었다. 인간은 가끔 다른 사람에게 보답을 바라지 않고 관대할 수 있다거나, 사람 사이의 관계가 가끔은 신실할 수 있다거나, 삶이 견딜 만한 가치가 있을 수도 있다거나 하는 관념들……. 이 식당의 진정한 재능은 불안을 일으키는 것이었다. 강렬한 조명, 이따금 냉동 감자가 기름통에 가라앉는 소리, 카운터 직원들의 다급한 행동을 보면 머릿속에서는 우리가 무작위적이고 폭력적인 우주에서 살아가는 외롭고 의미 없는 존재라는 생각이 저절로 떠올랐다.

유일한 해결책은 먹는 곳에서 생긴 불편을 보완하기 위해서 계속 먹는 것이었다.

그러나 믿을 수 없을 정도로 키가 큰 금발의 핀란드 십대들이 서른 명쯤 몰려오는 바람에 나는 제대로 먹을 수가 없었다. 이렇게 남쪽까지 내려왔다는 사실, 게다가 얼음 같은 눈이 아니라 비가 온다는 사실에 충격을 받았는지 아이들은 몹시 들뜬 것 같았다. 그들은 빨대를 뽑아대고, 갑자기 격정적인 노래를 부르고, 서로 목말을 타는 것으로 그런 들뜬 마음을 표현했다. 직원들은 혼란에 빠졌다. 그들은 이런 행동을 야단쳐야 할지, 아니면 게걸스러운 식욕을 예고하는 것으로 존중해야 할지 판단을 하지 못했다.

수다스러운 핀란드 아이들 때문에 나는 맥도널드 방문을 빨리 끝내기로 하고 탁자를 치우고 식당 바로 옆의 광장으로 걸어나갔다. 그곳에서 나는 웨스트민스터 성당의 어울리지 않게 당당한 비잔틴풍의 형식들을 처음으로 눈여겨보게 되었다. 성당의 붉고 흰 벽돌 종탑은 안개 낀 런던 하늘 속으로 87미터나 솟아 있었다.

나는 비와 호기심에 이끌려 그 타르를 칠한 듯한 어둠 속에 가라앉은 동굴 같은 예배당으로 들어갔다. 어둠을 배경으로 수많은 봉헌 촛불이 도드라져 보였다. 그 황금빛 그림자들은 '십자가의 길 기도처'에 있는 모자이크와 조각한 그림들 위로 너울거렸다. 향 냄새가 풍겨왔고 웅얼거리는 기도 소리가 들렸다. 본당 회중석 한가운데 천장에는 10미터 높이의 십자가가 걸려 있었다. 한쪽에는 예수가 반대쪽에는 그의 어머니가 있었다. 높은 제단 주위에는 면류관을 쓴 천국의 그리스도를 묘사한 모자이크가 있었다. 천사들이 그를 둘러싸고 있었다. 그의 발은 지구를 디디고, 두 손은

행복의 건축

어디에서 무엇을 믿을까?
왼쪽 엘섬, 팩, 앤드 로버츠 아키텍츠, 맥도널드 햄버거, 애시다운 하우스, 빅토리아 스트리트, 런던, 1975년.
오른쪽 존 프랜시스 벤틀리, 본당 회중석, 웨스트민스터 성당, 런던, 1903년.

자신의 피가 흘러넘치는 성배를 쥐고 있었다.

바깥세계의 경묘한 소음은 사라지고 그 자리에 경외와 정적이 들어앉았다. 아이들은 부모 곁에 바짝 붙어 서서 어리둥절한 채로 숭배감에 사로잡혀 주위를 두리번거렸다. 방문객들은 집단적으로 깨어나고 싶지 않은 꿈에 깊이 빠져든 듯이 본능적으로 목소리를 죽였다. 이곳에서는 독특한 종류의 친밀감이 거리의 익명성을 삼켜버렸다. 인간 본성의 진지한 모든 면을 표면으로 불러낸 것 같았다. 한계와 무한에 대한 생각들, 무력감과 숭고함에 대한 생각들. 이 석조 건물은 손상되고 무뎌진 모든 것을 도드라지게 부각시키고, 완전함에 이르도록 살아보고자 하는 갈망에 불을 붙였다.

성당에 들어간 지 10분이 지나자 바깥에서는 생각도 할 수 없는 것으로 여겼던 여러 가지 생각들이 갑자기 합리적으로 느껴지기 시작했다. 대리석, 모자이크, 어둠, 향의 영향 때문인지 예수가 신의 아들이고, 갈릴리 바다 위를 걸었다는 것이 충분히 있을 수 있는 일로 여겨졌다. 박자를 맞춘 듯한 빨강, 녹색, 파랑 대리석들을 배경으로 자리잡은 동정녀 마리아의 설화석고상을 보자, 천사가 당장이라도 런던 위에 겹겹이 쌓인 적운을 뚫고 내려와 회중석의 창으로 들어오면서 황금 나팔을 불며 곧 다가올 천상의 사건에 관해서 라틴어로 고지를 한다고 해도 이제는 놀라지 않을 것 같았다.

불과 40미터 떨어진 곳에서 핀란드 십대들 무리와 튀김 기름통 사이에서 들었다면 미친 소리로 들렸을 개념들이 지고의 의미와 장엄을 얻게 된 것이다. 건축 작품 하나 때문에.

「성찬식」, 프리스킬라의 카타콤, 로마, 3세기.

5

기독교적인 특별한 공간, 모인 사람들이 복음의 진리에 더 가까이 다가가는 것을 돕는 건물을 만들려는 첫 시도는 그리스도가 탄생한 지 200년 뒤쯤에 이루어진다. 전문적인 훈련을 받지 않은 기독교인 화가들은 이교도의 나라 로마의 거리 밑, 천장이 낮고 컴컴하여 촛불을 밝힌 방의 석고 벽에 예수의 삶에서 일어난 사건들을 서툴게 그려놓았다. 재능이 신통치 않은 미술학교 학생들이 그렸을 법한 원시적인 스타일의 그림이었다.

그러나 이 기독교 카타콤은 그 꾸밈없는 면 때문에 더 감동적이다. 재능이나 돈을 들여 장식하지 않은 가장 순수한 형태의 건축적, 미술적 충동을 보여주기 때문이다. 이것을 보면 위대한 후원자나 장인이 없을 때도, 이렇다 할 기술이나 자원이 없을 때도 신자들은 축축한 지하실 벽에 그들의 천국의 상징을 서툴게나마 그리고 싶은 욕구를 느꼈다는 것을 알 수 있다. 주위에 있는 것들이 자기 내부의 진실을 강화해주기를 바랐던 것이다.

집의 이상

기원후 379년 테오도시우스 대제가 기독교를 로마의 공식 종교로 선언하자, 교회 건축가들은 웅장한 규모로 자유롭게 자신의 이상을 표현하기 위한 집을 짓기 시작했다. 그들의 갈망은 성당의 시대에 성서에 나오는 천국을 생생하게 재현하기 위해서 돌과 유리로 설계한 거대한 보석 같은 건물에서 극치에 이르렀다.

중세인의 눈으로 보면 성당은 지상에 세운 신의 집이었다. 아담의 타락으로 우주의 진정한 질서는 흐려지고 세상 대부분이 죄와 부정으로 뒤덮였지만, 성당의 테두리 내에서는 에덴 동산 본래의 기하학적인 아름다움이 부활했다. 스테인드글라스 창을 통해서 비쳐드는 빛은 찬란하게 빛나는 내세의 예시였다. 거룩한 동굴 같은 공간에 들어서면 묵시록의 주장들이 이제 멀거나 괴상하게 느껴지지 않았다. 오히려 손에 잡힐 듯 직접적으로 다가왔다.

지금도 손에 카메라와 안내서를 들고 성당을 답사하다 보면 우리의 실용적인 세속주의와 어긋나는 뭔가를 경험할 수 있다. 우리 자신이 작고 못난 만큼, 그 반대로 강하고 숭고한 존재 앞에 무릎을 꿇고 그 존재를 섬기고 싶은 독특하고 당혹스러운 욕구 말이다. 물론 성당을 지은 사람들은 그런 반응에 놀라지 않을 것이다. 그들이 그런 노력을 기울인 목적이 바로 그렇게 우리의 자족성을 부수는 것이었기 때문이다. 천상의 벽과 레이스 같은 천장의 목적은 아무리 맨송맨송한 가슴이라도 형이상학적 떨림을 그럴 듯한 느낌으로, 아니, 저항할 수 없는 힘으로 받아들이게 하려는 것이었다.

맞은편 서쪽 정면, 랭스 성당. 1254년 이후.

6

초기 이슬람을 섬기며 일하던 건축가와 화가들 역시 그들의 종교의 주장을 뒷받침할 물리적 배경을 창조하고 싶은 욕망에 사로잡혔다. 이슬람은 신이 모든 이해의 원천이라고 주장하며, 수학의 거룩한 특질을 특히 강조했다. 이슬람 화가들은 집이나 성전의 벽에 섬세하고 복잡한 기하幾何 도형을 반복해서 그려놓았다. 신의 무한한 지혜를 암시하는 것일 수도 있었다. 이런 장식은 깔개나 컵에서는 그저 기분 좋을 정도의 복잡함으로만 느껴지지만, 공간 전체에 적용하면 최면을 유발시키는 효과를 낸다. 일상의 실용적이고 단조로운 대상들을 보는 데에 익숙한 눈은 그런 방에 들어가면 일상과 모든 연결이 단절된 세계를 보게 된다. 그 눈은 그 아래에 깔린 논리까지는 잘 파악하지 못한다고 해도 대칭은 느낄 것이다. 그런 작품은 우리 인간과는 달리 한계가 전혀 없는 정신, 인간의 조야함에 오염되지 않은, 따라서 무한히 숭배할 가치가 있는 더 높은 힘의 산물처럼 느껴진다.

이슬람 건축가들은 건물에 자신들의 종교를 상징적으로만이 아니라 문자 그대로도 적어놓았다. 나스르 왕조의 알람브라 궁전 회랑은 코란의 인용문들을 보여준다. 판벽에 꽃무늬 같은 고대 아라비아 문자로 새겨진 그 글은 이런 내용이다. "자비로운 신의 이름으로. 그는 하나뿐인 신이며, 전체 신이다. 그는 낳지도 않았고, 태어나지도 않았다. 그와 비길 자는 없다." 이것은 눈높이로 응접실을 감싸고 있는 수많은 찬가의 한 예일 뿐이다. 이 궁전

위 투라베그 카눔 영묘의 둥근 지붕, 쿠냐, 우르겐치, 1370년.
아래 세라믹 타일, 알카사르, 세비야, 14세기.

의 토레데라카우티바의 주실主室에는 기하학적이고 식물적인 형태들이 인광을 내는 복잡한 무늬를 이루며 글자들을 꿰고 있다. 벽은 "권세는 신에게 있다Al-mulk li-llah"고 선언한다. 글자의 획은 길게 늘어져 반원의 아치들을 그리며, "영광은 신에게 있다Al-'izz li-llah"고 선언하는 두 번째 비문의 팔다리를 나누고, 건너고, 가로지른다. 말과 이미지가 더할 나위 없이 아름답게 결합되어, 보는 사람에게 이슬람적 존재의 목적을 일깨우는 것이다.

7

초기 기독교와 이슬람 모두에서, 신학자들은 건축에 관해서 현대인의 귀에는 아주 이상하게 들리기 때문에 오히려 지속적으로 검토해볼 가치가 있는 주장을 했다. 그들은 아름다운 건물이 우리를 도덕적으로나 영적으로 개선할 힘이 있다고 말했다. 그들은 고상한 환경이 우리를 부패시키기보다는, 퇴폐주의자들이 게으르게 탐닉하는 대상이 되기보다는 우리를 완전으로 조금씩 밀고나간다고 믿었다. 아름다운 건물은 선해지겠다는 우리의 결심을 보강해줄 수 있다는 것이다.

  이런 독특한 주장의 배후에는 또다른 놀라운 믿음이 있었다. 시각적 영역과 윤리적 영역이 동등하다는 믿음이었다. 매혹적인 건축은 언어와는 다른 표현방식으로 선善을 나타낸 것으로 보았

맞은편 이븐 알 자이야브, 장식 석고 판벽, 주실, 토레데라카우티바, 알람브라 궁전, 1340년경.
Al-mulk li-llah = 권세는 신에게 있다; Al-'izz li-llah = 영광은 신에게 있다.

다. 반대로 추한 건축은 악惡을 물질로 보여준 것이었다. 따라서 단순하게 깎아놓은 문손잡이 하나도 그 단순성으로 우리에게 즐거움을 줄 뿐만 아니라, 근엄과 절제라는 미덕을 일깨워주는 역할까지 하는 것이다. 마찬가지로 창틀에 걸린 섬세한 유리창이 은근히 온유를 설교할 수도 있다.

미와 선 사이의 이러한 도덕적 등식 때문에 모든 건축이 새삼스럽게 진지하고 중요하게 받아들여지게 되었다. 오래된 나무바닥의 고상한 윤기에 감탄할 때 우리는 결국 실내장식이 주는 즐거움만을 느끼는 것이 아니다. 우리는 염직廉直의 교훈도 얻게 된다.

우리는 심지어 초기 신학자들이 말한 대로 아름다움을 통해서 신을 더 잘 이해할 수도 있다. 신이 세상의 모든 아름다운 것을 만들었기 때문이다. 동틀 녘의 동쪽 하늘, 숲, 동물, 심지어 우아한 팔걸이의자나 레몬이 담긴 사발 같은 가정용 물품에서부터 면 커튼을 뚫고 창으로 비쳐들어 부엌 탁자를 비추는 오후의 햇살 한 줄기에 이르기까지. 우리는 매력적인 건축과 접할 때에 그 궁극적 창조자의 세련, 지성, 친절, 조화를 단편적으로나마 느낄 수 있다. 11세기 이슬람 철학자 이븐 시나는 흠 없고, 질서 있고, 대칭적인 모자이크는 신의 영광을 드러내는 것이라고 말했다. "신이 모든 아름다운 것의 근원에 있기" 때문이다. 13세기에 신앙의 분리선 건너편에서 링컨의 주교 로버트 그로스테스트는 "아름다운 집, 이 아름다운 우주"를 머릿속에 그려보라고 했다. "이런저런 아름다운 것들을 생각해보라. 그런 다음 '이런'과 '저런'을 빼고, 무엇이 '이런', '저런' 것을 아름답게 만드는지 생각해보라. 아름다움이 그 자체로 무엇인지 보려고 해보라…… 성공한다면 너는 신

자신을 보게 될 것이다. 모든 아름다운 것들에 깃든 아름다움을 보게 될 것이다."

초기 신학자들은 **읽기**보다는 **보기**로 신의 충직한 종이 되는 것이 더 쉬울 수 있다고 생각했다. 이것이 시각적인 것을 지지한 두 번째 중요한 근거였다. 그들은 인류가 성서보다는 건축의 영향을 더 많이 받을 수 있다고 주장했다. 우리는 감각의 피조물이기 때문에 영적인 원리들은 지성보다는 눈을 통해서 받아들일 때 우리의 영혼을 더 튼튼하게 해줄 수 있다는 이야기였다. 우리는 복음을 연구할 때보다는 타일의 배치를 볼 때 겸손을 더 많이 배울 수 있다. 성서보다 스테인드글라스 창에서 친절의 본성을 더 많이 배울 수도 있다. 따라서 아름다운 장소에서 시간을 보내는 것은 자기 방종적인 호사이기는커녕, 명예로운 사람이 되고자 하는 탐구의 핵심에 놓인 일로 여겨졌다.

8

물론 세속적 건축은 이를 옹호해줄 분명하게 규정된 이념도 없고, 인용할 성스러운 문서도 없고, 숭배할 신도 없다. 그러나 세속적 건축도 종교적 건축과 마찬가지로 그 궤도 안으로 들어오는 사람들에게 영향력을 행사한다. 종교가 이따금 주변의 장식을 진지하게 생각하는 것을 보면서 우리는 세속적인 장소의 장식에도 똑같은 의미를 부여하게 된다. 그런 장소 또한 우리 내부의 더 나은 부분과 긴밀하게 연결될 수 있기 때문이다.

세속적이든 종교적이든 건축의 아름다움 추구를 옹호하는 사람들은 궁극적으로 똑같은 현상을 근거로 자신의 야망을 정당화한다. 인간이 어떤 공간에 들어가느냐에 따라 행복이 달라진다는 것이다.

보통 집을 짓는 사람들은 비록 예산은 로마 카타콤 화가들과 비슷하지만, 그래도 샤르트르나 이스파한의 이맘인 마스지도 1세의 이슬람 사원 건축가들이 마주쳤던 것과 다를 바 없는 문제에 직면한다. 세속적인 맥락이기는 하지만 건축에서 우리의 목표 역시 우리에게 유익한 어떤 내적인 상태와 관련을 맺는, 또 우리 내부에서 그런 상태를 육성하도록 격려하는 대상이나 장식적 특징을 확인하는 것이다.

9

매일 하루를 마감하고 스톡홀름 북부 레에 있는 그런 집으로 퇴근할 수 있다고 상상해보라. 직장에서 보내는 하루는 정신없고 지저분할 수도 있다. 회의가 빽빽하게 잡혀 있고, 예의상 악수를 해야 하고, 잡담을 나누고, 관료제에 시달려야 한다. 동료를 이기려고 믿지도 않는 이야기를 하고, 따지고 보면 마음에 들지도 않는 목표 때문에 질투심을 느끼거나 흥분할 수도 있다.

그러다 마침내 집에 돌아와 혼자 있게 되어 복도 창 밖으로 펼쳐진 정원 위로 어둠이 깔리는 것을 보면, 서서히 더 진정한 나, 낮 동안에는 옆으로 늘어진 막 뒤에서 공연이 끝나기를 기다리고 있었던 나와 다시 만나게 된다. 낮 동안 가라앉아 있던 장난스러운 면이 문 양옆에 그려진 꽃에서 힘을 얻을 수도 있다. 커튼의 섬세한 주름에서 온유의 가치를 확인하기도 한다. 허세를 부리지 않는

행복의 건축

네스 하우스, 레, 1820년경.

바닥의 거친 나무판자를 보면 마음이 따뜻해지는 수수한 행복에
부쩍 관심이 생긴다. 우리 주위의 재료들은 우리가 스스로에게 품
고 있는 최고의 희망을 이야기한다. 이런 환경에서는 성실과 활력
이 지배하는 정신상태에 더 가까이 다가갈 수 있다. 내적인 해방의
느낌을 맛볼 수 있다. 깊은 의미에서, 고향으로 돌아갈 수 있다.

　신을 섬기지 않더라도, 가정적인 건축 하나가 사원이나 교회와
다를 바 없이 우리의 진정한 자아를 기억하는 일을 도울 수 있다.

10
방 전체와 마찬가지로 그림 한 장도 우리 자신에게서 사라졌던

윌리엄 니컬슨, 「광택이 나는 사발과 녹색 콩들」, 1911년.

의미 있는 부분을 회복하는 데에 도움을 줄 수 있다.

윌리엄 니컬슨이 사발, 하얀 식탁보, 깍지를 벗기지 않은 콩 꼬투리 몇 개를 꼼꼼하게 관찰해서 그린 그림을 보자. 처음 그것을 보면 약간 슬픈 느낌을 받을 수도 있다. 그 명상적이고 관찰적인 정신, 그 겸허, 일상생활의 아름다움과 고귀함을 느낄 줄 아는 삶으로부터 우리가 얼마나 멀리 떠나왔는지를 깨닫기 때문이다.

그 그림을 소유하여 늘 볼 수 있는 곳에 걸어두고 싶다는 마음 뒤에는 그 그림과 계속 접하여 그 특질들이 우리를 더 확실하게 잡아주기를 바라는 마음이 있을지도 모른다. 밤에 자러 갈 때 마지막으로 층계에서 지나친다든가 아침에 출근하는 길에 지나치면, 그 그림은 우리 성격 깊은 곳에 가라앉았던 요소들을 표면으로 끌어올리는 자석 같은 효과를 발휘할 수도 있다. 우리의 내면적 분위기의 수호자 역할을 할 수도 있다.

우리는 우리의 일그러진 본성을 바로잡아주고 우리를 지배하는 일 들로 인해서 희생한 감정들을 되살려주는 능력 때문에 어떤 건물들을 귀중하게 여긴다. 경쟁심, 질투심, 호전성, 이런 것들은 가지려고 노력하지 않아도 찾아온다. 그러나 광대하고 숭고한 우주 한가운데서 느끼는 겸허, 저녁이 시작될 무렵의 고요를 향한 욕망, 엄숙과 친절에 다가가고 싶은 갈망, 이런 감정들은 우리의 내적 풍경의 한 자리를 지속적으로 차지하기가 힘들다. 안타깝게도 그런 부분들이 우리 안에 없기 때문에 그런 감정들을 집과 연결시키려고 하는지도 모른다.

건축은 금방 사라지는 소심한 경향들을 포착하여, 그것을 증폭시키고 견고하게 만든다. 그 덕분에 우리는 가끔 우연히 경험하는 넓은 범위의 감정적 질감에 더 지속적으로 다가갈 수 있다.

가정의 공간에 구현된 분위기에 초자연적으로 달콤하거나 소박한 것은 전혀 존재할 필요가 없다. 이런 공간은 부드러운 것만이 아니라 음침한 것에 관해서도 얼마든지 우리에게 이야기할 수 있다. 집이라는 개념과 예쁘다는 개념 사이에는 어떤 필연적인 연관이 있는 것이 아니다. 우리가 집이라고 부르는 것은 단지 더 넓은 세상이 무시하는, 또는 우리의 산만하고 우유부단한 자아가 잘 붙들지 못하는 중요한 진실들을 더 일관되게 우리에게 제공할 수 있는 곳일 뿐이다.

우리는 글을 쓰듯이 집을 짓는다. 우리에게 중요한 것을 기록하는 것이다.

11

건축의 기억 능력을 고려할 때 세계 문화의 많은 곳에서 가장 초기의 가장 의미 있는 건축 작품들이 장례와 관련이 있는 것도 우연은 아니다.

약 4,000년 전, 펨브로크셔 서부의 산비탈에서 우리의 신석기 조상 한 무리가 맨손으로 거대한 돌들을 쌓아올린 뒤 그 위에 흙을 덮어 그들의 친족이 묻힌 곳임을 표시했다. 그러나 주검을 안치했던 방은 사라지고, 물론 주검과 더불어 한때 영국 제도의 이 습한 변두리의 공동체들에서 경외감을 불러일으켰을 이름을 가졌던 사람의 정체도 사라졌다. 그러나 이 돌들은 대리석 무덤에서부터 길가의 거친 목조 사당에 이르기까지 모든 장례용 건축물에 공통

신석기의 매장실, 펜터 아이판, 펨브로크셔 서부, 기원전 2000년경.

된 메시지를 전달하는 웅변 능력은 그대로 간직하고 있다. 즉 "기억하라"는 메시지이다. 양과 이따금씩 비옷을 입은 산행객들만 떠도는 풍경 속에 거칠게 깎아놓은 이끼 낀 석판들이 외롭게 늘어서 있는 광경을 보고 있으면 가슴이 저려온다. 그 돌들이 기념하는 사람에 관해서 우리가 아무것도 기억하지 못한다는 깨달음—이 지도자는 잊히고 싶지 않은 강렬한 욕망 때문에 자신의 씨족에게 40톤의 관석을 쌓아올리게 했지만—때문에 그런 가슴 아픈 느낌은 더욱 강렬해진다.

어떤 귀중한 것을 잊는 것이 얼마나 두려운 일인지 깨닫는 순간 마치 우리의 기억들을 눌러놓는 서진書鎭처럼 어떤 구조물을 세우

고 싶은 소망이 생긴다. 심지어 마운트 에지컴 백작부인의 사례를 따르고 싶다는 생각조차 든다. 그녀는 18세기 말에 큐피드라는 이름의 유별나게 예민한 돼지—백작부인은 망설임 없이 이 돼지를 자신의 진정한 친구라고 불렀다—를 기념하여 플리머스 외곽의 언덕에 높이 9미터에 이르는 신고전주의적인 오벨리스크를 세웠다.

산 자와 죽은 자를 위해서 건축을 하는 이유는 그들을 기억하고 싶은 욕망 때문이다. 우리는 우리 곁에 없는 사랑하는 사람들을 기념하려고 무덤, 묘비, 영묘를 세우듯이, 우리 자신의 중요한 면, 그러나 유지하기 힘든 면을 기억하려고 건물을 짓고 장식한다. 집 안의 그림과 의자들은 신석기 시대의 거대한 무덤과 같다. 다만 우리 자신의 시대, 산 자들의 요구에 맞추어 줄여놓았을 뿐이다. 우리의 집 안 설비들 역시 정체성의 기념물이다.

12

우리는 가끔 남들 앞에서 우리 자신을 과시하고 싶은 마음에 집을 한번 지어볼까 하다가 죄책감을 느낄 수도 있다. 그러나 우리 자신의 가장 진실된 부분들이 병적으로 자기중심적일 경우가 아니라면 그런 일은 드물다. 건축에 나서고 싶은 가장 진정한 충동은 소통과 기념을 향한 갈망과 연결되어 있는 듯하다. 말과는 다른 기록을 통하여, 사물, 색채, 벽돌의 언어를 통하여 세상에 우리 자신을 밝히고 싶은 갈망. 다른 사람들에게 내가 누구인지 알리고 싶은, 그리고 그 과정에서 나 자신에게도 일깨우고 싶은 야망.

맞은편 큐피드 기념비, 플리머스, 1790년경.

이상

1

1575년 베네치아는 화가 파올로 베로네세에게 총독궁의 주실인 살라 델 콜레지오의 새로운 천장에 그림을 그려달라고 요청했다. 그 방은 행정장관이 회의를 열기도 하고, 저명인사와 대사들을 영접하기도 하는 곳이었다.

그 결과 우화적인 형식으로 베네치아 정부를 화려하게 기념하는 작품이 탄생했다. 베로네세는 중앙 패널에서 이 도시를 침착하고 아름다운 바다의 여왕으로 묘사했다. 두 시녀가 여왕의 시중을 들고 있는데, 한 시녀는 정의를 상징하고(저울을 들고 있다) 또한 시녀는 평화를 상징한다(졸고는 있지만, 만일의 경우에 대비하여 꽤 사나워 보이는 사자를 묶은 줄을 쥐고 있다). 가장자리의 작은 패널들은 이를 보완하는 베네치아의 미덕들을 보여준다. 고분고분한 양이 무릎에 발을 얹고 있는 젊은 금발의 처녀는 온유이다. 그녀 옆에서 세인트 버나드의 목을 쓰다듬는 우수에 잠긴 갈색 머리의 처녀는 충실이다. 이들 건너편에서 짧은 드레스를 입고 사과, 포도, 오렌지가 흘러넘치는 풍요의 뿔을 든, 뺨이 발그레하고 약간 통통한 처녀는 번영이다. 그녀 맞은편에서 한쪽 가슴을 드러내고 사악해 보이는 독수리(아마 투르크나 스페인을 나타낼 것이다)의 깃털을 뽑으며 태연하게 웃음을 짓는, 머리를 땋은 단단해 보이는 처녀가 절제이다. 베로네세의 천장으로 보건대 베네치아 공화국은 정의

파올로 베로네세, 「온유」, 살라 델 콜레지오, 총독궁, 베네치아, 1575년경.

와 평화와 온유와 충실이 넘치는 곳이었다.

1566년, 학자이자 조신이자 상인인 카논 파올로 알메리코는 베로네세와 동시대 사람인 안드레아 팔라디오에게 총독궁에서 그리 멀지 않은 작은 부지에 별장을 한 채 지어달라고 요청했다. 공화국의 석호 주변에서 생활하다 보면 달라붙기 마련인 음모와 질병을 피하고 싶을 때, 알메리코가 가족과 함께 머물 수 있는 집이었다. 팔라디오는 고대 로마의 건물들이 그들 사회의 이상―질서, 용기, 희생, 위엄―을 훌륭하게 구현한 것에 감명을 받아, 그에 비길 만한 르네상스의 고귀함의 개념을 구현한 집을 설계해보기로 했다. 그는 1570년에 쓴 『건축 사서四書*I quattro Libri dell'architettura*』 4권의 속표지에서, 미덕의 여왕을 축하하는 건축의 시녀 두 명을 묘사한 우화적인 판화로 이런 교훈적인 야망을 분명하게 표현했다. 팔라디오가 알메리코를 위해서 구상한 웅장한 저택 빌라 로톤다의 균형 잡힌 전면은 지상에서도 베네토의 햇빛

파올로 베로네세, 「베네치아의 승리」, 살라 델 콜레지오.

안드레아 팔라디오, 빌라 로톤다, 베네토, 1580년.

이 찬란한 평지에 자리잡은 이 장소 한곳에서만큼은 평형과 투명이 일상에 범람하는 투쟁과 타협을 넘어섰음을 보여주는 것 같았다. 이 빌라의 박공벽과 층계에는 조각가 로렌초 루비니와 잠바티스타 알바네세가 창조한 실물 크기의 조각상들이 늘어서 있었다. 고전 신화에 등장하는 신들을 인간적인 형태로 표현한 것들이었다. 빌라의 주인이 세네카를 몇 장 읽거나 레반트에서 온 계약서를 살피다가 바람을 쐬러 테라스로 나와 눈을 들면 상업의 보호자 머큐리, 지혜의 신 주피터, 불과 화로의 여신 베스타가 눈에 들어왔다. 아마 그는 적어도 이 시골의 거처에서만큼은 자신의 마음에 가장 가까운 가치들이 돌로 표현되어 영원한 찬미를 받는다고 생각했을 것이다.

팔라디오의 시대 이후, 상당 부분 이 모범의 영향을 받은 것이겠지만, 서양 전역에서 소유자의 이상을 반영할 수 있는 집을 창조하는 일이 건축가들의 중점적인 야망이 되었다. 1764년 잉글랜드의 재판장 맨스필드 경은 런던을 굽어보는 햄스테드 히스에 있는 그의 저택 켄우드의 서재를 다시 꾸미는 일을 로버트 애덤에게 맡겼다. 애덤의 지휘하에 이 도서관은 그 땅에서 가장 연로한 법적 권위자를 풍요롭게 축성하는 장소가 되었다. 그 책꽂이에는 그리스와 로마의 철학과 역사 책들이 가득 들어찼으며, 장식적인 천장에는 우화를 그린 원형 판들을 끼워넣었다. 「영광과 정열 사이의 헤르쿨레스」라는 제목이 붙은 작은 그림은 그리스의 젊은 영웅을 묘사한다. 그는 쾌락(아름다운 세 명의 처녀들로 상징되는데, 그 가운데 한 명은 통통한 허벅지를 드러내고 있다)에 삶을 바칠 것인지, 아니면 가치 있는 공민의 대의(손가락으로 고전적인 신전을 가

로버트 애덤, 서재, 켄우드 하우스, 1769년.

리키는 병사로 의인화되어 있다)를 위해서 희생의 길로 들어설 것인지 결정하려는 맨스필드 자신의 모습이 분명하다. 이 그림을 보는 사람은 이 갈등에서 공민의 미덕이 결국 승리할 것임을 알게 된다. 물론 이 그림은 능란하게 이탈리아식으로 처녀의 피부 색조를 처리하여 은근히 그쪽으로 마음이 더 끌리게 만들지만. 천장은 또 「평화, 교역, 항해를 끌어안은 정의」(오랫동안 갈망해온 재결합처럼 보인다)도 보여준다. 벽난로 위에는 데이비드 마틴이 그린 맨스필드 경의 초상화도 걸려 있다. 마틴은 스스로 선택한 것인지 아니면 지침을 받은 것인지는 몰라도, 맨스필드를 호메로스(가장 위대한 이야기꾼) 흉상의 흡족해하는 눈길을 받으며 솔로몬(이스라엘에서 가장 지혜로운 왕) 성전에 기대어 서 있는 모습으로 그렸다. 오른손으로는 키케로(가장 고귀한 웅변가)의 책을 펼치고 있다. 따라서 성서, 그리스, 로마의 광채를 모두 갖춘 인물의 초상이 된 셈이다.

약 60년 뒤 런던의 애서니엄 클럽의 회원들은 이곳에서 남쪽으로 얼마 떨어지지 않은 팰맬에 새로운 건물을 짓기로 했다. 이 클럽은 "과학, 문학, 예술 또는 공적 생활에서 탁월한 면모를 보여준 사람들"에게 만족을 주는(클럽의 규약에서 그렇게 말하고 있다) 기관이었다. 조각가 존 헤닝은 클럽하우스의 외부 3면을 둘러싸고 있는 약 80미터 길이의 긴 소벽小壁에 대영박물관의 고대 그리스 대리석 조각들에 나온 인물들을 본떠서 만든 고전시대 인물들을 배치했다. 이들은 건물 안의 잉글랜드 신사들이 관심을 가질 만한 활동을 아테네에서 한 사람들이었다. 즉 노래를 부르고, 책을 읽고, 글을 쓰고, 웅변을 했던 것이다. 정문 위에는 금박을 입힌

데시머스 버튼, 애서니엄 클럽, 1824년 ; E. H. 베일리, 「아테나 여신」, 1829년.

아테나 여신의 우뚝한 상이 서 있다. 이 기예와 지혜의 여신은 지나가는 모든 사람들에게 안에 있는 회원들의 인격과 관심을 미리 맛보게 해주겠다는 듯이 팰맬 거리를 도전적으로 굽어보았다. 피커딜리의 천박한 상업주의에서 불과 몇 미터 떨어지지 않은 곳에, 네 벽 안에 아테네의 황금시대를 빛냈던 사람들과 맞먹는 사람들을 수용하는 기관이 세워졌던 셈이다.

2

그림을 그려놓은 천장이나 조각들을 마주할 때 또는 님프나 신들의 우화 앞에 섰을 때 우리 눈은 그냥 그 위를 지나쳐 다른 곳으로 향하기 쉽다. 서양의 많은 나라들에서 16세기부터 18세기까지 건축을 지배했던 이런 이상화하는 양식이 우리에게 지겹고 위선적인 것으로 다가오기 때문이다.

　이상화된 건축과 그 건축을 위촉하고 그것과 더불어 살던 사람들의 현실 사이에 흔히 드러나는 불일치를 용서하기는커녕 그냥 묵과하는 것도 그렇게 쉬운 일은 아니다. 베로네세가 어떤 식으로 표현했건, 우리는 베네치아의 현실이 살라 델 콜레지오의 천장에 있는 처녀들이 찬양했던 미덕으로부터 멀리 달아난 적이 많았다는 것을 알고 있다. 베네치아는 노예무역을 했고, 도시의 가난한 자들을 외면했으며, 자원을 낭비했고, 적에게 지나친 복수를 가했다. 우리는 라 세레니시마(La Serenissima, 베네치아의 별명/역주)가 그림으로 그려진 모습과 실제로 행동한 방식이 서로 다르다는 사실을 알고 있다. 우리는 또 알메리코 가족이 팔라디오의 빌라가 완공되기도 전에 망신을 당했으며, 그들의 뒤를 이어 그곳에서 살던 카프라 가족도 상업의 보호자와 지혜의 신으로부터 더 나은 은총을 입지는 못했다는 사실도 알고 있다. 이 신들은 빌라의 꼭대기에서 이 가족의 열망을 조롱하는 것 같았다. 또 맨스필드 경은 키케로, 호메로스, 솔로몬의 재능을 통합하기는커녕, 인도주의에는 절약 정신을 발휘하고 저열한 본능은 고전의 인용문 뒤로 감추는 데에 능숙한 무자비한 18세기 중반 변호사의 원형이었다. 애서니엄 클럽의 경우 그 회원 다수는 출세를 위해서 이 클럽에 가입했으며, 가죽 팔걸이의자에서 잠을 자거나, 빗물이 떨어지는 것을 지켜보거나, 영양식을 쩝쩝거리며 나날을 허비했고 가족은 등한시했다. 이 사람들이 페리클레스 시대의 사람들과 닮았다고 말하는 것은 피커딜리 서커스가 아크로폴리스와 닮았다고 말하는 것과 다름없다.

이상화하는 선조들과는 달리 우리는 현실에 대한 관심을 자랑하는 경향이 있다. 우리는 예술 작품이 장밋빛 이상들을 버리고 우리 삶의 사실들과 충실한 조화를 이루는 한에서만 관심을 가진다. 우리는 우리가 어떤 사람이 되고 싶은지 알려주기보다는 우리가 현재 누구인지를 드러내준다는 이유로 이런 작품들을 아낀다.

그럼에도 불구하고 예술적 이상주의라는 개념은 그 기묘하고 머나먼 느낌 때문에 더 조사를 해볼 필요가 있다. 이렇게 물어볼 수도 있겠다. 왜 근대 초기 약 300년 동안 화가들은 주로 일상적인 결함으로부터 자유로운 풍경, 사람, 건물을 생산할 수 있을 때에만 찬사를 받았을까? 또는 이런 것이 궁금할 수도 있다. 왜 화가들은 실제의 공원보다 더 목가적인 정원과 풀을 그리려고 자기

행복의 건축

들끼리 경쟁했을까? 왜 조각가들은 진짜 피가 흐르는 육체보다 더 유혹적인 대리석 입술과 발목을 조각했을까? 왜 화가들은 귀족과 왕족을 그들의 실제 모습보다 더 지혜롭고 더 아량 있는 모습으로 그렸을까?

순진해서 그런 노력을 한 경우는 드물다. 그렇다고 속일 생각이 있었던 것도 아니다. 이상화된 작품들의 창조자도 세속적인 피조물이었으며, 관객 역시 그런 사람으로 생각했다. 베로네세가 그린 천장화 밑에 모인 의원들이 그들 머리 위에 묘사된 것보다 어두운 충동에 휘둘리는 일은 분명히 자주 있었을 것이다. 마찬가지로 자신의 직무를 명예롭게 수행하고자 하는 맨스필드의 마음은 부와 명성이라는 세이렌의 노래와 경쟁해야 했을 것이다. 애서니엄 클럽에서 오후에 뭔가 가치 있는 일을 이루어내고자 하는 희망은 다실茶室에서 생강 비스킷을 먹으며 수다를 떨고 싶은 유혹을 이겨내야 했을 것이다.

이상화 전통의 옹호자들에게는 현실과 다른 모습을 보여준다는 이유로 화가들을 순진하게 보는 관점 자체가 순진해 보였을 것이다. 그들의 예술과 건축의 목적은 삶의 전형적인 상황이 어떤지 일깨워주는 것이 아니라, 늘 우리 눈앞에 그것이 최선일 때 어떤 모습일지를 보여주는 것이었다. 그래야 우리가 성취와 미덕을 향해 조금이라도 더 가까이 나아갈 터였기 때문이다. 조각과 건물은 우리 자신의 최선을 전면으로 끌어내는 데에 도움을 주어야 했다. 우리의 최고의 갈망을 미라로 만들어야 했다.

3

예술적 이상화 이론의 가장 명료한 표현은 18세기 말 독일 철학에서 찾아볼 수 있다. 프리드리히 실러는 『인간의 미적 교육에 관한 서한*Briefe über die ästhetische Erziehung des Menschen*』(1794)에서 이상화된 예술에서 제시하는 완전성이 영감의 원천이 될 수 있다고 주장했다. 자신감을 잃고 자신의 약점만 보게 될 때—그는 자신의 시대가 특히 이런 우울하고 자멸적인 태도를 조장한다고 생각했다—우리가 그런 영감에 의지할 수도 있다는 이야기였다. "인류는 그 존엄을 상실했지만, 예술은 그것을 구원하여 중요한 돌 안에 보존했다. 진리는 예술의 환상 안에서 계속 살고 있으며, 이 복사본 또는 잔상으로부터 원래의 이미지가 다시 한번 복원된다."

예술 작품은 우리의 가장 어두운 순간을 환기시켜 눈앞에 펼쳐 보이는 것이 아니라, 실러의 말로 하면, "잠재적인 것의 절대적 표현"으로 나타난다. 예술은 "이상의 세계에서 내려온 호위자" 기능을 했다.

건축이 우리의 이상의 저장소 역할을 할 수 있다면, 그것은 건축이 일상생활을 부식하는 모든 불운을 씻어낸 상태이기 때문이다. 위대한 건축 작품은 우리에게 고요, 힘, 평정, 우아에 관하여 이야기하며, 이런 것들은 우리가 창조자로서나 관객으로서나 보통 제대로 갖추지 못한 것이다. 예술 작품은 바로 이런 이유 때문에 우리를 현혹시키고 감동시킨다. 건축은 우리를 초월하는 만큼 우리의 존중심을 불러일으킨다.

이상화된 건물에 새겨진 잠재력이 반드시 완전히 실현되어야만 그 가치가 정당화되는 것은 아니다. 실러와 같은 시대에 살았던

고전적 이상으로의 초대:
카를 프리드리히 싱켈, 슐로스브뤼케, 베를린, 1824년; 알베르트 볼프의 조각상, 1853년.

카를 프리드리히 싱켈, 알테스 무제움, 베를린, 1830년.

빌헬름 폰 훔볼트의 눈으로 보면, 근대 서구인에게 가장 영양분이
풍부한 영감의 원천 역할을 한 것은 고대 그리스인들의 이상화된
건물들이었다. 그는 「고대의 연구에 관하여」(1793)라는 에세이에
서 그리스 건축은 실용적인 정신을 가진 부르주아 세계에서 그것
이 암시하는 완전성의 겉모습만 재창조될 수 있다고 해도 우리의
관심을 받을 자격이 있다고 말했다. "우리는 도달이 불가능하다
는 것을 잘 알면서도 그리스인의 모범을 모방한다. 우리는 그들
의 자유롭고 풍요로운 삶을 얻을 수 없다는 것을 알면서도 그 이
미지로 우리 상상을 채운다."

　훔볼트는 그의 친구이자 건축가인 카를 프리드리히 싱켈이 베
를린에 고전적인 교량, 박물관, 궁전을 짓기 시작했을 때, 베를린
사람들이 그가 숭배하는 고대를 다시 되살리기보다는 멀리서만
감탄할 것임을 알았다. 그럼에도 그는 그 시대의 성실과 장엄 가

운데 무엇인가가 건축을 통하여 프로이센의 수도에도 스며들 수 있을 것이라고 믿었다. 베를린 시민들이 회의에 참석하려고 슐로스브뤼케를 가로지르거나 일요일에 산책을 나갔다가 샤를로텐호프 궁의 신관을 지날 때, 싱켈의 건축—조각상이 많이 놓인 다리, 수수한 기둥, 섬세한 프레스코화—이 정신의 르네상스를 가져오는 일에 작지만 핵심적인 역할을 할 수도 있다는 것이다.

4

우리는 이상화를 더 견디지 못할 것처럼 행동한다. 장식을 한 다리나 금박을 입힌 조각상을 경멸하기도 한다. 그럼에도 우리는 체질적으로 그 개념 자체를 버리지 못한다. 모든 역사적 연상에서 자유로운 "이상화"라는 말은 단지 완전을 향한 갈망을 가리키기 때문이다. 이 목표는 누구도, 심지어 아무리 합리적인 사람이라도, 완전히 외면할 수는 없기 때문이다.

사실 우리가 버린 것은 이상 자체가 아니라, 이상화의 뛰어난 작품들이 한때 기렸던 구체적인 가치들이다. 우리는 고대성을 버렸다. 신화를 숭배하지도 않는다. 귀족적 자신감을 비난한다. 이제 우리의 이상은 민주주의, 과학, 상업을 중심에 놓는다. 어쨌든 간에 우리는 여전히 과거와 마찬가지로 이상화라는 기획에 헌신적이다. 근대 건축도 실용적인 전면 뒤에서 관객에게 자신이 선택한 이미지를 비추어주려는 노력을 한번도 중단한 적이 없다. 현실을 개선하고 또 만들어나가려는 희망을 품고 있기 때문이다.

이상화의 야망은 눈에 띄는 공공건물을 지을 때마다 특히 두

핀란드의 이상적인 삶. 왼쪽 모나르크 아키텍츠, 핀란드 관, 엑스포 '92, 세비야, 1992년.
은행의 이상. 오른쪽 프랭크 게리, DZ 은행, 베를린, 2000년.

드러지게 나타난다. 예를 들면 1992년 세비야 세계박람회의 국가
관들은 노골적이지는 않았지만 후원국을 이상화했다는 점에서는
베로네세가 베네치아 정부의 미덕들을 이상화한 것과 다를 바 없
었다. 서로 떨어졌으면서도 결합되어 있는 두 개의 반쪽—광택을
낸 강철판이 금색을 입힌 나무의 완만한 곡선부에 다가선 모습이
었다—으로 이루어진 핀란드 관은 남성과 여성, 근대와 역사, 기
술과 자연, 사치와 민주라는 대립하는 요소들을 완벽하게 화해

행복의 건축

시키는 데에 성공한 사회를 이야기했다. 전체적으로 그 두 가지가 어우러진 이 건물은 존엄하고 우아한 삶을 꾸밈없이 아름답게 약속한다.

베를린의 DZ 은행 노동자들은 브란덴부르크 성문 옆에 있는 본점에서 그에 비길 만한 이상을 본다. 그들의 일 자체는 일상적이고 반복적일지 모르지만, 식당이나 회의실로 가는 길에 아래를 굽어보면 거대한 아트리움에서 낯설고 우아한 회의실을 볼 수 있다. 그 유연한 형태들은 그들의 엄숙한 상사들이 갈망하는 창조성과 장난기를 암시한다.

실러의 "이상의 세계에서 내려온 호위자"를 부르고자 하는 갈망에서 도시 하나가 탄생할 수도 있다. 1956년 브라질 대통령 쿠비체크는 브라질리아 건설계획을 공개하면서 새 수도가 "현대 브라질의 창조적 지성의 가장 독창적이고 정확한 표현"이 될 것이라고 선언했다. 브라질 내륙의 깊고 높은 곳에 자리잡은 브라질리아는 현대의 관료적 효율의 모범이 될 터였다. 이것은 쿠비체크가 통치하는 나머지 땅, 허우적거리고 버둥거리는 땅이 불안정한 상태에서나마 이따금씩 경의를 표하는 이상이었다. 브라질리아는 기존의 국가 현실을 상징하려는 것이 아니라, 새로운 현실을 불러오려는 의도였다. 쿠비체크는 넓은 도로와 물결치는 콘크리트와 강철 건물로 브라질의 식민지 유산과 더불어 해안 도시들의 혼돈과 궁핍을 지워버릴 수 있기를 기대했다. 브라질리아가 현대성의 축도가 되고, 그런 현대성이 전국으로 확산되기를 바랐다. 브라질리아가 자신의 형상대로 온 나라를 창조하기를 바랐다.

브라질리아에도 결국 여느 도시와 다를 바 없이 거지와 빈민가,

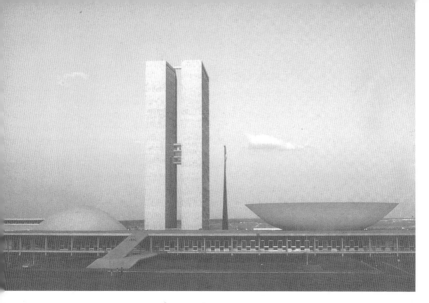

오스카 니마이어, 국회, 브라질리아, 1960년.

널찍한 도로 위의 타버린 풀과 성당 벽의 갈라진 틈이 생겨나게
되었지만, 건축에서 이상화의 옹호자들은 그 정도로는 단념하지
않았다. 베로네세의 천장 밑에서 목격되는 배신과 무능, 애서니엄
클럽 안의 어리석음, 핀란드의 알코올 중독과 절망, DZ 은행 사
무실 내의 구제불능의 권태에 기가 죽지 않은 것과 마찬가지이다.
그들은 그런 오점들을 보면서, 이상화된 형태들이 우리 안의 부패
하고 진부한 모든 것에 맞서는 방어물 역할을 해줄 필요를 더욱
절실하게 느꼈을 뿐이다.

　현대에 이상화는 공적인 영역에서만이 아니라 가정에서도 매력
적인 것으로 부각되었다. 20세기 중반 리하르트 노이트라가 캘리
포니아에 지은 강철과 유리 건물에서 사는 부르주아 부부들도 가
끔 과음을 하고, 말다툼을 벌이며, 위선적인 행동을 하고, 불안에
시달렸을 것이다. 그러나 적어도 그들의 건물은 그들에게 정직과

　　　　　　　　　　　　　행복의 건축

리하르트 노이트라, 에드가 J. 카우프만 하우스, 팜 스프링스, 1946년.

편안에 관해서, 억제로부터의 해방과 미래에 대한 믿음에 관해서
이야기했을 것이다. 또 그 소유자들의 울화나 직업적인 불만이 최
고조에 이르렀을 때(그들의 노여움이 사막의 밤에 메아리쳤을 때) 그들
이 마음속에서 갈망하는 것에 관해서 이야기를 해주었을 것이다.

　1938년 이탈리아 작가 쿠르치오 말라파르테는 카프리 제도의
외딴 바위에 자신을 위한 집을 지을 마음을 먹었다. 한 친구에게
보낸 편지에 따르면 이 집은 "돌에 새긴 자화상ritratto pietra"이자 "나
와 같은 집una casa come me"이 될 터였다. 그 당당한 고립, 우악스러
움과 세련됨의 병존, 눈도 꿈쩍하지 않는 자연의 완강한 저항, 고
대 로마와 이탈리아 모더니즘 양쪽에 기대는 미학—이 모든 면에
서 이 집은 진실로 말라파르테의 성격의 핵심적 특질을 갖추었다.
그러나 방문객들에게는 다행스러운 일이었지만, 이 집은 그 소유
자의 모든 면을 노예처럼 충실히 따르는 초상화는 아니었다. 그

집의 이상

돌에 새긴 자화상:
쿠르치오 말라파르테(아달베르토 리베라와 함께), 카사 말라파르테, 카프리, 1943년.

렇게 충실히 따르는 것 자체가 사실 어떤 집에도 쉽지 않은 일이
겠지만, 말라파르테의 경우에는 특히 그랬다. 말라파르테를 그대
로 따르려고 했다면 허세를 부리는 가구, 막다른 복도, 또 어쩌면
사격장(그는 1943년까지 파시스트였다)과 깨진 창문 몇 개(그는 술을
마시고 싸우기를 좋아했다)까지 갖추어야 했을 것이기 때문이다. 카
사 말라파르테는 주인의 많은 결함을 그대로 반영하기보다는 모
든 효과적인 이상화 작품들이 그러하듯이 재능은 갖추었지만, 그
나름의 결함이 있는 주인이 그의 인격의 가장 좋은 측면들로 나
아가도록 도왔다.

행복의 건축

5

예술의 이상화 이론의 영향하에서 만들어진 건축은 어떤 면에서는 하나의 선전이라고 말할 수도 있다. 이 말을 듣고 깜짝 놀랐을지도 모르겠다. 우리는 수준 높은 예술은 이념에서 자유로우며, 순수하게 그 자체로 감탄을 자아낸다고 믿는 경향이 있기 때문이다.

그러나 "선전propaganda"이라는 말은 어떤 학설이나 믿음의 장려를 일컫는 말이며, 그 자체로는 아무런 부정적인 함의가 없다. 그런 장려의 대상이 주로 밉살스러운 정치적이고 상업적 의제였기 때문에 문제가 생긴 것인데, 그것은 그 말 자체의 결함이라기보다는 역사의 우연이다. 예술 작품은 그 자원을 이용해서 우리를 뭔가로 이끌 때, 그래서 우리가 어떤 목적이나 관념에 우호적인 반응을 보이도록 우리의 감수성이나 마음가짐을 고양시키려고 할 때, 하나의 선전이 된다.

이런 정의를 따른다면 예술작품 가운데 선전으로 꼽지 못할 것이 거의 없다. 5개년 계획을 외치는 소비에트 농부들을 그린 그림만이 아니라, 콩과 광택이 나는 사발을 묘사한 그림, 의자, 캘리포니아 사막 가장자리에 강철과 유리로 지은 집도 선전이다. 이런 다양한 것들에 똑같이 선전이라는 딱지를 붙이면 언뜻 빙퉁그러져 보일지 모르지만, 그것은 그저 의식적으로 창조된 모든 물건—자기 내부에 암호화되어 있는 특질들을 모방하고 따라하라고 권유하는 물건—에는 지시적 측면이 있음을 강조하려는 것이다.

이런 관점에서 보면 선전을 완전히 박멸한다는 불가능한 목표를 추구하는 것은 지혜롭지 못한 일일 것 같다. 대신 품위 있는

존 우드 2세, 로열 크레센트, 배스, 1775년.

예들로 우리를 둘러싸도록 노력해야 한다. 예술이 우리의 행동을 지시할 수 있다는 사실에는 전혀 애석해할 것이 없다. 그것이 지시하는 방향이 가치 있는 것이기만 하다면 말이다. 이상화 전통의 이론가들은 예술이 어떤 일을 만들어내도록 노력해야 한다고, 또 이보다 더 중요한 것으로, 우리를 선하게 만들려고 노력해야 한다고 주장했는데, 이런 솔직함이 오히려 신선하게 느껴진다.

6

이상에만 눈을 맞추었을 때 생기는 곤혹스러운 결과는 그것이 결국 우리를 슬프게 할 수도 있다는 것이다. 어떤 것이 아름다울수록 우리는 더 큰 슬픔을 느낄 위험이 있다. 따라서 어머니에게 빵

몇 덩어리를 부지런히 나르는 엄숙한 표정의 어린 소년을 그린 피터르 데 호흐의 그림이나 존 우드 2세가 배스에 세운 로열 크레센트 앞에 섰을 때 우리는 눈물을 흘리게 될 순간을 예감할 수도 있다.

그러나 이것은 우리를 시들게 하는 슬픔이 아니라, 기쁨과 우울이 뒤섞인 묘한 것이다. 우리 앞에 있는 완전성에 기쁨을 느끼고, 이런 것을 만날 만큼 축복을 받는 경험도 참으로 드물다는 것을 깨달으면서 우울을 느끼는 것이다. 흠 없는 대상을 보면 우리를 둘러싼 범상한 것들이 눈에 들어온다. 우리가 늘 바라는 것에 비추어, 우리 삶이 늘 얼마나 불완전한지 깨닫게 되는 것이다.

피터르 데 호흐의 인물들과 로열 크레센트의 곡선은 보통 우리의 일상을 채색하는 감정들과 대조되는 면을 보여주면서 우리

피터르 데 호흐, 「빵을 가져오는 소년」, 1665년경.

를 흔들어놓는다. 어머니의 부드러운 몸짓이나 신뢰와 의무감으로 가득한 아들의 표정을 보면 우리 자신의 냉소와 퉁명스러움을 의식하지 않을 수 없다. 로열 크레센트는 그 엄숙한 위엄으로 우리의 수많은 야심의 사소하고 혼란스러운 본질을 드러낸다. 예술 작품은 우리와 다르기 때문에, 그러면서도 우리가 되고 싶은 것을 닮았기 때문에 우리에게 감동을 준다.

기독교 철학자들은 아름다움이 자극하는 슬픔에 특히 민감했다. 중세의 사상가인 생 빅토르의 후고는 이렇게 말했다. "눈에 보이는 대상의 아름다움에 감탄할 때 우리는 물론 기쁨을 경험한다. 그러나 동시에 엄청난 공허감도 경험한다." 종교의 설명에 따르면, 심리학적으로 흥미로운 만큼이나 이성적으로는 잘 이해가 되지 않는 이런 슬픔을 느끼는 것은 아름다운 것들이 우리가 에덴 동산에서 한때 누렸던 흠 없는 완벽한 삶의 상징이기 때문이다. 언젠가는 천국에서 이런 숭고한 삶을 다시 이어가겠지만, 아담과 하와의 죄 때문에 지상에서는 그럴 가능성이 사라졌다. 따라서 아름다움은 성스러운 것의 한 조각이며, 그것을 보면 우리가 누릴 수 없는 삶에 대한 상실감과 갈망 때문에 슬퍼진다. 아름다운 대상에 새겨진 특질은 죄로 물든 세상에서 멀리 벗어나 있는 신의 특질이다. 그러나 예술 작품은 유한하고, 그것을 창조하는 사람들이 공을 많이 들이기 때문에 인간이 보통 도달할 수 없는 완전성을 어느 정도는 갖출 수 있다. 예술 작품들은 우리가 행동이나 생각에서는 자주 다가가지 못해도 여전히 갈망하는 선의 달곰쌉쌀한 상징들이다.

그러나 신학적 요소들을 벗겨내도 우리가 매혹적인 대상을 만날 때 느끼곤 하는 서러움은 설명할 수 있다. 이런 이야기를 한번 보자. 매우 괴로운 상황에 처한 한 남자가 회의에 들어가기 전에 조지 왕조 시대에 지은 시청의 대기실에서 기다리고 있다. 옆에 있는 잡지에 흥미를 느끼지 못한 남자는 고개를 들어 천장을 보다가 18세기 어느 시기에 누군가가 세심하게 공을 들여 꽃줄기가 서로 얽히는 복잡하면서도 조화로운 무늬로 그 천장을 디자인을 하고, 흰색, 광택이 나는 파란색, 노란색을 섞어 칠을 해놓았다는 것을 알게 된다. 그 천장은 이 남자가 자신에게서 귀하게 여기는 특질들을 담고 있다. 천장은 묘하게도 장난스러우면서도 진지하며, 섬세하면서도 분명하고, 형식적이면서도 허세가 없다. 이 작품을 위임한 사람들도 그 못지않게 실용적인 사람들이었을 텐데도, 이 천장에는 감상을 덜어낸 심오한 달콤함이 있다. 아이의 얼굴을 부수며 퍼져가는 미소 같다. 남자는 동시에 이 천장에 그가 가지지 못한 모든 것이 담겨 있음을 깨닫는다. 남자는 일에서 도저히 해결할 수 없는 복잡한 문제에 말려들었으며, 늘 피곤하고, 얼굴에는 시무룩한 표정이 새겨져 있고, 처음 보는 사람들에게도 난폭하게 소리를 지르게 되었다—사실 하고 싶은 말은 자기가 힘들다는 것뿐인데. 천장은 남자의 진정한 고향이지만, 그곳으로 돌아갈 길을 찾을 수가 없다. 그의 눈에 눈물이 고일 때 비서가 대기실로 들어오더니 그를 회의실로 안내한다.

이 남자의 슬픔을 보다 보면 또 한 가지 생각이 떠오른다. 우리가 아름다운 것들에 가장 민감하게 반응하는 순간은 우리 인생이 여러 가지 문제들로 가장 심각할 때일지도 모른다는 것이다. 낙담한 순간들은 건축과 예술로 통하는 입구를 활짝 열어준다. 그

천장에 자리잡은 인간의 이상 : 로버트 애덤, 홈 하우스, 포트먼 광장, 런던, 1775년.

러한 때에 그 이상적인 특질들에 대한 굶주림이 최고조에 이르기 때문이다. 정신이 잘 정돈되어 너저분한 데라고는 찾아볼 수 없는 사람이 콘크리트와 나무로 이루어진 널찍하고 텅 빈 공간에 햇빛이 환하게 쏟아져들어오는 것을 보고 깊은 감동을 받지는 않을 것이다. 자신의 일이 모두 정돈이 잘 되어 있다는 확신을 가진 사람이 로버트 애덤 타운하우스의 천장 밑에서 살고 싶은 갈망을 느끼지는—심지어 그것을 보고 눈물까지 흘리지는—않을 것이다.

7

아름다운 것을 보면 그것을 사고 싶다는 것이 일반적인 반응이지만, 우리의 진정한 욕망은 아름다운 것을 소유하기보다는 그것이 구현하는 내적인 특질을 영원히 차지하는 것이라고 할 수 있다.

물론 그런 대상을 소유하면 자신에게 그것이 암시하는 미덕을 흡수하고 싶은 욕망이 있었음을 불현듯이 깨달을 수도 있다. 그러나 그런 미덕들이 자동적으로 또는 아무런 노력 없이 시간만 지나면 우리에게 스며들 것이라고 생각할 수는 없다. 아름다운 것을 구매하는 것은 사실 그것이 우리에게 불러일으키는 갈망을 처리하는 가장 무미건조한 방식일 수도 있다. 누군가와 자려고 하는 것이 사랑의 감정에 대한 가장 무딘 반응일 수 있는 것과 마찬가지이다.

우리가 원하는 것은 가장 깊은 수준에서 보면, 그 아름다움으로 우리를 감동시키는 대상과 장소를 물리적으로 소유하기보다는 내적으로 닮는 것이다.

행복의 건축

이상이 변하는 이유

1

런던 북서부 초라한 변두리의 한 골동품 상점. 밖에서 들리는 구급차 사이렌은 누군가 다툼을 벌이다가 살인을 저질렀음을 암시한다. 경찰 헬리콥터들이 공중을 맴돈다. 짝이 맞지 않는 양말을 신은 사람들이 거리를 내려오며 관심 없는 행인들에게 새천년의 재난이 다가올 것이라고 선포한다.

"골동품 상점"이라는 용어는 이 시설의 본질을 포착하기에는 너무 예스럽고 세련되었다는 느낌을 준다. 이곳에서는 낡은 가죽 냄새도 나지 않고, 반달형 안경을 쓴 영업사원도 없다. 토지관리인의 보관소나 고물상이라고 해야 더 잘 어울릴 것 같다. 이곳은 오래된 물건들이 수레에 실려 매립장으로 가서 부식되기 전에 안목이 시원치 않은 사람을 유혹하려고 마지막으로 애를 써보는 곳이다.

한쪽 구석에 특히 안쓰러운 물건이 서 있다. 구근같이 생긴 날개, 퇴창 두 개, 코린트 양식 기둥, 금박을 입힌 거울이 달린 찬장이다. 서랍이 여전히 잘 열리고 마감이 기적적으로 상하지 않았음에도, 그 가격은 가구의 값이라기보다는 장작의 값에 가깝다. 아주 관대하거나 근시인 사람도 그냥 넘어가줄 수 없을 정도로 그 추함이 감추어지지 않는다는 사실을 증명하는 셈이다.

그러나 이 찬장은 한때 얼마나 사랑을 받았던가. 리치먼드나 윔블던에 있는 커다란 집에서 하녀는 며칠에 한 번씩 청소 도구로 먼지를 털어냈을 것이다. 고양이는 거실로 들어가는 길에 슬쩍 꼬리를 대고 문질러보았을 것이다. 찬장은 한 세대 동안 크리스마스 푸딩, 샴페인 잔, 쐐기 모양의 스틸턴 치즈를 자랑스럽게 진열했을 것이다. 그러나 지금은 이 가게 구석에서 망명한 몸으로 늙어가는 러시아 공주처럼 짠한 느낌을 자아내며 서 있다. 그녀는 파리의 구지레한 방에서 상트페테르부르크의 궁전을 꿈꾸며, 혹시 이야기를 들어주는 사람이 있으면 자신이 열일곱 살 때는 얼마나 매력적이었는지 힘주어 말한다. 그녀의 숨결에서는 절망과 알코올 냄새가 진하게 풍긴다.

어떤 것이 아름답다는 생각을 하다 보면 자연스럽게 우리의 감정이 늘 변함없을 것이라고 상상하게 된다. 그러나 디자인과 건축의 역사를 보면 우리의 취향이 지조를 지킬 것이라고 장담할 수는 없다. 이 찬장의 운명은 수많은 저택, 연주회장, 의자들의 운명과 다를 바 없다. 아름답다는 느낌은 양식적인 양극단 사이를 늘 오간다. 억제된 것과 풍성한 것 사이, 전원풍과 도회풍 사이, 여성적인 것과 남성적인 것 사이를 오간다. 그 바람이 한 번 방향을 틀때마다 우리가 무자비하게 내버린 물건들은 고물상에서 생을 마감하게 된다.

선례들에 비추어볼 때, 나중 세대도 언젠가는 우리가 살던 집들을 지나가면서 지금 우리가 죽은 자들의 소유물을 볼 때 그러는 것처럼 혐오감과 두려움을 느낄 것이라고 짐작할 수 있다. 그들은 우리의 벽지와 소파를 보고 놀랄 것이며, 우리가 미학적 범죄를 저지르고도 태연했다고 조롱할 것이다. 이런 생각을 하다 보면 우리의 애정이 얼마나 연약하고 예민한지 알 수 있다. 상점에

진열된 가구를 보면서 우리가 지금 사랑하는 것들이 언젠가 우리가 이해할 수 없는 이유로 엉터리로 보일 수도 있다고 생각하면 견디기 힘들다. 제단 앞에 선 배우자를 그런 맥락에서 보는 것과 마찬가지이기 때문이다.

따라서 건축가들이 자신의 기예를 유행과 구별하려고 그렇게 열심히 노력하는 것, 그래서 수십 년이 지나도 우스꽝스럽게 여겨지지 않을 작품을 만들려고 그렇게 공을 들이는 것(물론 헛된 일이지만)도 놀랄 일은 아니다.

2

왜 아름다운 것을 향한 마음이 바뀔까?

1907년 독일의 젊은 미술사가 빌헬름 보링거는 「추상과 감정이입」이라는 제목의 에세이에서 그런 변화를 심리학적 관점에서 설명해보려고 했다.

보링거는 인간의 역사에서 예술에는 오직 두 가지 기본 유형이 있을 뿐이라는 주장에서부터 시작한다. 그것은 "추상적" 예술과 "사실적" 예술인데, 어떤 특정한 시간에 특정한 사회에서 그 둘 가운데 어느 하나가 다른 것보다 더 선호될 수도 있다. 수천 년간 추상예술은 비잔티움, 페르시아, 파푸아뉴기니, 솔로몬 제도, 콩고, 말리, 자이레에서 인기를 누렸다. 그리고 바로 그가 살던 시대, 그러니까 20세기 벽두에 서양에서 다시 두드러진 지위를 누리게 되었다. 추상예술은 대칭, 질서, 규칙성, 기하의 정신의 지배를 받는다. 조각이든 양탄자든, 모자이크든 도자기든, 파푸아뉴기니의 웨와크에서 바구니를 짜는 사람의 작품이든 뉴욕 화가의 작품이든 추상예술은 평평하고 반복적인 시각적 평면들을 바탕으로 고요한 분위기를 창조하려고 하며, 전체적으로 살아 있는 세상에 대한 암시로부터 벗어나려고 한다.

보링거는 이와 대조적으로 사실적 예술은 고대 그리스와 로마 시대의 미학을 지배했으며, 르네상스부터 19세기 말까지 유럽에서 영향력을 행사하면서, 경험을 떨림과 색채로 손에 잡힐 듯이 전달하려고 했다고 주장했다. 이런 경향의 예술가들은 위협적인 소나무 숲의 분위기, 인간의 피의 질감, 눈물의 솟구침, 사자의 잔혹성을 포착하려고 노력했다.

보링거 이론의 가장 강력한 측면—회화만이 아니라 건축에도 얼마든지 적용할 수 있는 측면—은 한 사회가 한 가지 미학적 양식에서 다른 양식으로 충성심을 옮기는 이유에 대한 설명이다. 보링거는 그것을 결정하는 요인이 그 사회에 결여된 가치에 있다고 믿었다. 사회는 무엇이든 자기 내부에 충분하지 않은 것을 예술에서 찾고 사랑한다는 것이다. 조화, 고요, 율동과 융합된 추상예술은 주로 차분함을 갈망하는 사회—법과 질서가 흔들리고, 이데올로기가 변하고, 도덕적이고 정신적인 혼란 때문에 신체적인 위협을 강하게 느끼는 사회—에서 호소력을 발휘한다. 이런 소란스러운 배경(20세기 미국의 대도시들이나 여러 세대에 걸친 공멸의 분쟁 때문에 기력이 소진된 뉴기니 마을들에서 발견되는 그런 분위기)에서 사람들은 보링거가 "고요를 향한 거대한 욕구"라고 부른 것을 경험하게 되며, 추상적인 것으로, 무늬가 있는 바구니로, 맨해튼 남부의 미니멀리즘 화랑들로 향하게 된다.

우리는 우리가 두려워하는 것으로부터 우리를 멀리 데려가고, 우리가 갈망하는 것으로 가까이 데려다줄 수 있는 양식을 존중한다:
위 왼쪽 라피아 치마, 쿠바, 20세기.
위 오른쪽 애그니스 마틴, 「무제」, 1962년.
아래 비잔틴 모자이크, 캄판오페트라의 바실리카, 키프로스, 6세기.

그러나 높은 수준의 내적, 외적 질서를 달성한 사회, 그래서 그 안에서 영위되는 삶이 예측 가능하고 또 지나치게 안정적인 사회에서는 그와 대립되는 갈망이 생겨난다. 시민들은 일상과 예측 가능성의 숨 막히는 손아귀로부터 탈출하고 싶어하며, 심리적 갈증을 달래고 손에 잘 잡히지 않는 강렬한 느낌을 다시 확인하려고 사실적 예술로 돌아가게 된다.

이것으로부터 우리는 우리가 개인적으로, 또는 사회가 전반적으로 소유하지 못한 특질들을 집중적인 형식으로 포함하고 있는 것을 찾아낼 때마다 그것을 아름답다고 부르게 된다고 결론을 내릴 수 있다. 우리는 우리가 두려워하는 것으로부터 우리를 멀리 데려가고, 우리가 갈망하는 것으로 가까이 데려다줄 수 있는 양식, 우리에게 없는 미덕들을 적절하게 가지고 있는 양식을 존중한다. 애초에 우리가 예술을 필요로 한다는 것 자체가 우리가 거의 언제나 불균형의 위험, 우리의 극단들을 조절하지 못할 위험, 삶의 커다란 대립물들—권태와 흥분, 이성과 상상, 단순과 복잡, 안전과 위험, 내핍과 사치—사이의 중용을 놓칠 위험에 빠져 있다는 표시이다.

아기나 어린아이들의 행동을 기준으로 보면 우리는 불균형에 빠지는 경향이 이미 몸에 밴 상태에서 세상에 나왔다. 놀이방에서나 아동용 높은 의자에서부터 아이들은 히스테리 섞인 행복이나 쓸쓸한 실망, 사랑이나 분노, 열광이나 피로를 자주 드러낸다. 어른이 되면서 온건한 외관을 갖추는 듯하지만 지속적인 평정에 이르렀다고 자부할 수 있는 경우는 거의 없으며, 거친 바다에서 쉴 새 없이 기우는 배처럼 인생을 가로지르며 나아갈 뿐이다.

행복의 건축

우리의 타고난 불균형은 실제적인 요구 때문에 더욱 악화된다. 일 때문에 좁아터진 범위에 한정된 우리의 능력은 무자비하게 시달리며, 그 바람에 원만한 인격을 달성할 가능성은 줄어들고, 지금까지 살면서 우리의 존재 또는 우리의 가능성 가운데 많은 부분을 탐사해보지도 못한 것이 아닐까 하는 의심에 빠져들곤 한다(일요일 저녁에 어둠이 몰려올 무렵이면 특히 그렇다). 사회는 결국 균형이 잡히지 않은 집단들을 광범하게 포괄하게 된다. 그 각각은 자신의 특정한 심리적 결핍을 채우기를 갈망하며, 이것을 배경으로 우리는 종종 아름다운 것이 무엇이냐를 두고 열띤 논쟁을 벌인다.

3

이런 관점에서 보면 어떤 양식을 선택했느냐 하는 것은 그것을 옹호하는 사람들이 좋아하는 것만이 아니라 결여하고 있는 것에 관해서 많은 이야기를 해준다. 17세기 엘리트가 금박을 입힌 벽을 좋아했다는 사실을 이해하려면 이런 장식이 호소력을 가지게 된 맥락을 기억하면 된다. 심지어 부자들도 폭력과 질병의 위협에 늘 시달리던 시기라는 점을 기억하자는 것이다. 이러한 상황에서는 꽃다발이나 리본을 높이 든 천사들이 제시하는 변화의 약속을 높이 떠받들게 된다.

그렇다고 상류계급 티를 내는 것을 거부하며 벽에 회반죽도 바르지 않고 그대로 놓아두는 현대가 결핍이 덜하다고 생각해서는 안 된다. 단지 결핍된 것이 다를 뿐이다. 이제는 예의가 없는 것에

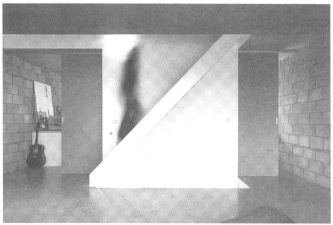

궁핍과 타락의 위협으로부터 우리를 방어해주는 벽:
위 아델라이데 부인의 침실, 베르사유 궁, 1765년.
특권의 위협에 대한 방어:
아래 토마 놀레와 힐데 휴, 놀레 앤드 휴 하우스, 브루게, 2002년.

대한 두려움은 지배적이지 않다. 적어도 서구의 대부분의 도시들에서는 최악의 빈민가가 사라지고 깨끗하고 정갈한 거리가 자리를 잡게 되었다. 선진 세계의 많은 곳에서는 규칙에 얽매이고 물질적으로 풍요로운 삶, 격식을 차리는 틀에 박힌 삶이 일반적이다. 그래서 이제는 갈망이 다른 방향으로 흐른다. 자연스럽고 까다롭지 않은 것, 거칠고 진정한 것을 향하게 되는 것이다. 부르주아 가족들은 꾸미지 않은 벽과 콘크리트 블록이 이런 갈망을 어루만져주기를 바라는지도 모른다.

4

역사가들은 18세기 말에 서구인들이 모든 주요한 예술 형식에서 자연스러운 것을 좋아하게 되었다고 이야기하곤 한다. 사람들은 형식적이지 않은 옷, 전원시, 보통 사람들을 그린 소설, 꾸밈없는 건축과 실내장식에 새삼스럽게 열광했다. 그러나 이런 미학적인 변화를 보고 서구의 거주자들 자신이 자연에 더 가까워졌다고 생각해서는 안 된다. 그들은 자신의 삶에서 자연스러운 것과 접촉할 수 없기 때문에 예술에서 자연스러운 것을 사랑하게 된 것이다.

 과학기술과 교역의 발달 덕분에 유럽의 상류 계급들은 이 시기에는 지나치게 안전하게, 절차대로 살게 된다. 교육받은 사람들은 오두막에서 휴일을 보내거나 꽃에 관한 이행 연구를 읽으며 이런 과잉을 덜어내려고 한다. 프리드리히 실러는 「소박하고 감상적인 시에 관하여」(1796)에서 고대 그리스인들은 야외에서 대부분의 시간을 보내고, 도시들이 작은데다가 숲이나 바다에 둘러싸여 있

궁궐의 과잉을 교정해주는 오두막:
마리 앙투아네트, 프랭스 드 리녜, 위베르 로베르, 왕비의 오두막, 프티 트리아농, 베르
사유, 1785년.

었기 때문에 예술에서 자연세계를 기념할 필요를 느끼는 일이 거의 없었다고 말했다. 실러는 이렇게 설명한다. "그리스인들은 자신들에게서 자연을 잃지 않았기 때문에 그들 외부에서 그것을 회복하는 데에 도움을 줄 수 있는 대상을 창조하고 싶은 욕망을 별로 느끼지 않았다." 이어 실러는 자신의 시대로 고개를 돌려 정말로 하고 싶은 말을 했다. "그러나 직접 경험할 수 있는 자연이 인간의 삶에서 점차 사라지면서 우리는 그것이 하나의 관념으로 시인의 세계에 나타나는 것을 보게 된다. 비자연적인 것으로 가장 멀리 간 나라는 때 묻지 않은 현상들과 접촉하고자 하는 욕구를 가장 강하게 느낄 것이다. 프랑스가 그런 나라이다." 프랑스의 한 왕비는 실러가 그런 말을 하기 불과 몇 년 전에 자신의 정원 한쪽 구석에 지은 농촌 마을에서 소 젖을 짜는 모습을 지켜보며 주말을 보내곤 함으로써 실러의 명제를 완벽하게 확인시켜주었다.

5

1776년 스위스의 화가 카스파르 볼프는 스위스의 베른 시에서 오르는 알프스 높은 곳에 자리한 거대한 라우테라르 빙하 앞에서 쉬고 있는 한 무리의 등산가들을 그렸다. 바위 꼭대기에서는 등산가 두 명이 빙벽의 거대한 크레바스를 쳐다보고 있다. 그들의 양말, 모자 모양, 값비싸 보이는 우아한 우산은 그들이 귀족임을 보여준다. 그들 밑에, 그러니까 캔버스의 왼쪽 아래에는 아름다운 경치에는 아랑곳하지 않는 산악 안내인이 있다. 그는 긴 지팡이를 들고 볼품없는 망토를 걸치고 농부의 모자를 쓰고 있다. 이 그림

카스파르 볼프, 「라우테라르 빙하」, 1776년.

은 서로 다른 심리적 불균형이 어떻게 아름다움에 관한 대조적인 관념을 만들어내는지를 보여주는 사례 연구나 다름없다.

안내인은 자신이 데려온 등산객들보다 이 산을 더 잘 알 테지만, 귀족들과는 달리 경치에 관심이 없다. 그는 커다란 바위 옆에 숨어 있는 것처럼 보인다. 이 소풍이 어서 끝나기를 바라는 것인지도 모른다. 어쩌면 속으로는 전날 자신의 집 문을 두드리며 구름 속에서 점심식사를 할 수 있도록 안내하는 대가로 거절할 수 없는 액수의 돈을 제시했던 신사들을 조롱하는지도 모른다. 안내인에게 아름다운 곳은 저지대, 초원, 오두막일 것이다. 높은 산은 두렵기만 한 곳으로, 가축을 구출한다거나 눈사태 방지용 장벽을 세우는 것처럼 꼭 필요한 일이 아니면 맨정신으로는 올라가지 않을 곳일 것이다.

이 그림을 그린 연도도 의미심장하다. 이 시점부터 서구 상상력의 달력에서 이전에는 수백 년 동안 가공할 이상異常으로 치부되던 산이 귀족 여행자들에게 광범하게 매력을 불러일으키기 시작했기 때문이다. 이 여행자들은 산의 있는 그대로의 모습과 위험에서, 점점 과도하게 문명화되어가는 가정생활의 까다로움과 세련됨으로부터 벗어날 반가운 기회를 찾았다. 그로부터 100년 전만 해도 신사들은 자기 소유지에 머물며 산울타리를 기하학적 무늬로 다듬기나 할 뿐, 무질서와 광야의 외침에는 전혀 매력을 느끼지 못했다. 그로부터 100년이 흐르면 심지어 원주민 안내인이나 그의 가족들까지도 자연의 길들여지지 않은 모습을 전보다 자비로운 눈으로 바라보기 시작한다. 이들이 이렇게 자연에 새롭게 관심을 가지게 된 것은 중앙 난방장치, 일기예보, 신문, 우체국, 알프스 골짜기의 가장 높은 곳까지 올라가게 된 철도 때문이었다.

그러나 지금 이 순간 이 산꼭대기에서는 아름다움에 대한 두 가지 평가가 공존하고 있다. 이들의 차이는 두 가지 다른 생활방식, 서로 다른 결핍을 보여주는 생활방식으로 설명할 수 있다.

6

1923년에 프랑스의 기업가 앙리 프뤼게는, 유명하지만 아직 상대적으로 검증이 덜 된 당시 서른여섯 살의 건축가 르 코르뷔지에에게 자신의 육체노동자들과 그 가족을 위한 주택들을 지어달라고 위임했다. 보르도 근처 레제와 페사크에 있는 프뤼게의 공장들 옆에 자리잡은 이 주택단지는 모더니즘의 모범이 되었다. 모두 장식이 없는 상자 모양이며, 거기에 긴 직사각형의 창, 평평한 지붕, 아무 장식도 없는 벽이 달려 있었다. 르 코르뷔지에는 특히 이 주택들에 이 지역이나 농촌의 특징이 드러나지 않는다는 사실을 자랑했다. 그는 스스로 "민속 여단"이라고 부르던 사람들—감상적인 전통주의자들로 이루어져 있었다—의 갈망을 조롱했으며, 프랑스 사회의 근대화에 대한 비타협적 저항을 비난했다. 르 코르뷔지에는 노동자들을 위해서 설계했으며, 산업과 과학기술에 대한 그의 찬탄은 콘크리트로 지은 장식 없는 넓은 면과 그대로 드러난 백열전구에 표현되었다.

그러나 이곳에 입주한 세입자들은 아름다움에 대한 생각이 달

맞은편 르 코르뷔지에, 주택, 페사크, 1925년과 1995년.

행복의 건축

랐다. 그들은 전통과 호사, 고상함과 세련됨을 누릴 만큼 누린 사람들도, 오래된 건물의 종교적인 작풍과 세밀한 조각이 지겨운 사람들도 아니었다. 노동자들은 똑같은 파란 작업복을 입고 콘크리트 격납고 같은 곳에서 설탕 사업에 사용할 소나무 포장상자를 조립하며 하루하루를 보냈다. 노동 시간은 길었고 휴일은 며칠 되지 않았다. 많은 사람들이 압박에 못 이겨 외진 마을들에서 프뤼게의 공장으로 일을 하러 왔기 때문에, 전에 살던 집과 작은 땅뙈기를 그리워했다. 공장에서 교대 시간이 끝난 뒤에 집으로 돌아와 다시 현대 산업의 활력을 일깨우는 장면과 마주하는 것은 그들에게 결코 심리적으로 우선순위를 다투는 일이 아니었다. 결국 몇 년이 지나지 않아 노동자들은 거의 똑같은 르 코르뷔지에의 입방체들을 그들의 노동 생활이 빼앗아간 것을 일깨워줄 수 있는 독특하게 차별화된 사적 공간으로 바꾸어놓았다. 그들은 위대한 건축가의 설계 같은 것은 아랑곳하지 않고, 집에 물매가 있는 지붕을 씌우고, 덧문을 달고, 작은 여닫이 창문을 달고, 꽃무늬 벽지를 바르고, 자신의 출신 고장에서 하던 대로 말뚝 울타리를 세웠다. 그런 뒤에는 앞뜰에 다양한 장식용 분수와 땅의 신령을 세웠다.

입주자들의 취향은 건축가의 취향과 다른 방향으로 움직였을지 모르지만, 이런 취향들을 현실적으로 표현하는 행위 뒤에 놓인 논리는 똑같았다. 유명한 모더니스트 르 코르뷔지에와 마찬가지로 공장 노동자들 역시 자신의 생활에서 불충분한 특질들을 환기시키는 양식을 사랑한 것이다.

7

취향 뒤에 놓인 심리적 기제를 이해한다고 해서 우리가 아름답다고 생각하는 것을 바꿀 수야 없겠지만, 그래도 우리가 좋아하지 않는 것을 그냥 무시하는 태도는 막을 수 있다. 우리는 사람들이 무엇이 결여되어 있어서 저것을 아름답다고 할까 하고 물어야 한다. 그들의 선택에 열광하지는 못하겠지만 적어도 그들의 박탈감은 이해할 수 있다.

답답하다 싶을 정도로 질서정연한, 회반죽을 바른 이성적인 로프트는 무정부 상태의 암시에 특별히 억압을 느끼는 사람들에게 좋은 집이 될 수도 있을 것이라고 상상할 수 있다. 마찬가지로 벽은 검은 벽돌로 쌓고, 문은 녹슨 강철로 만드는 등 대충 지은 것처럼 보이는 건물에 사는 거주자들은 그들 자신이나 사회의 지나친 특권으로부터 달아나고 싶어하는 사람들일 것이라고 추측할 수 있다. 마찬가지로 지붕은 곡선을 그리고, 창은 휘어져 있고, 벽에는 아이들이 좋아하는 색깔이 칠해진 아주 장난스러운 집들은 관료적이고 상상력이 부족한 사람들에게 큰 공감을 불러일으킬 것이라고 추측해볼 수 있다. 그들은 이런 단지에서 그들을 압박하는 내부의 진지한 느낌들로부터 탈출을 약속해주는 충일감을 맛볼 것이다.

취향의 심리학을 이해하게 되면 또 미학의 위대한 두 교조로부터 벗어날 수 있다. 즉 받아들일 만한 시각적 양식은 하나뿐이라는 견해나 (이보다 더 받아들이기 힘든) 모든 양식이 똑같이 타당하다는 견해이다. 양식이 다양한 것은 우리의 내적 요구의 본성이 다양한 데에서 나오는 자연스러운 결과이다. 우리는 차분함만이

우리가 아름답다고 부르는 건물은 우리에게 결여된 특질들을 집중된 형식으로 표현
한다 :
왼쪽 데이비드 아디아예, 더티 하우스, 런던, 2002년.
오른쪽 미셸 사에와 부르노 팽조, 퍼블리시스 드럭스토어, 파리, 2004년 아니라 흥분을 말하는 양식에도 끌릴 수 있고, 아늑함만이 아니라 웅장함을 말하는 양식에도 끌릴 수 있다. 이것은 매우 논리적인 일이다. 이것들이 우리의 삶의 중심을 이루는 핵심적인 양극이기 때문이다. 스탕달이 말했듯이, "행복을 바라보는 관점만큼이나 아름다움의 양식도 다양하다."

이런 선택의 폭 덕분에 우리는 자유롭게 특정한 건축 작품이 우리의 진정한 심리적 요구에 적절하게 대응한다고 판단할 수 있다. 우리는 프뤼게의 입주자들이 레제와 페사크에 있는 그들의 집에 시골풍을 주입한 방식에는 의문을 제기한다고 해도, 그런 양식 자체의 정당성은 받아들일 수 있다. 또 땅의 신령이 그들에게 불러일으키는 갈망은 존중한다고 해도, 신령 자체는 비난할 수 있다.

8

아름다운 것에 대한 느낌을 두고 벌어지는 충동과 진화는 고통스럽고 대가도 클지 모르지만, 그것을 완전히 차단할 수 있는 가능성은 적어 보인다. 예를 들면 만장일치로 또는 영원히 매력을 자아낼 수 있는 의자와 찬장을 만들 가능성은 적은 것이다. 취향의 충돌은 여러 힘들이 계속해서 새로운 방식으로 우리를 파편화하고 고갈시키는 세계의 불가피한 부산물이다. 사회와 개인에게 역사, 즉 변화하는 투쟁과 야망의 기록이 있는 한, 예술도 역사를 가질 수밖에 없다. 또 이 예술의 역사에는 늘 사랑받지 못하는 소파, 집, 기념물의 형태로 사상자가 나타나기 마련이다. 우리가 균형을 잡지 못하는 방식이 바뀌는 것과 마찬가지로 우리의 관심도

취향의 스펙트럼에서 계속 새로운 부분, 새로운 양식으로 이끌린
다. 그래서 우리는 어떤 것이 현재 우리 내부의 그림자 속에 놓여
있는 것을 집중된 형식으로 구현할 때에 그것을 아름답다고 선언
하게 된다.

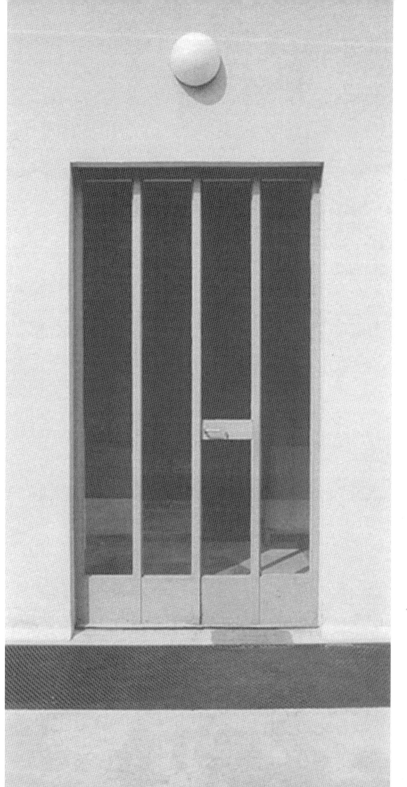

1

정확하게 맞추거나 결론을 내리는 것을 목적으로 삼지 않는다면, 인간이 만든 아름다운 장소가 어떤 모습을 보여줄지 합의를 보는 것은 쉬운 일일 수도 있다. 세상에서 가장 매력적인 도시를 꼽아보면 몇 가지 귀에 익은 이름들로 낙착을 보게 된다. 에든버러, 파리, 로마, 샌프란시스코 등. 이따금 시에나나 시드니를 옹호하는 의견도 나온다. 어떤 사람은 상트페테르부르크나 살라망카를 꼽을 것이다. 우리가 휴가를 맞아 이동하는 패턴을 보아도 취향이 어느 정도 일치한다는 것을 알 수 있다. 밀턴케인스나 프랑크푸르트에서 여름을 보내고 싶어하는 사람은 거의 없을 것이다.

그럼에도 매력적인 건축에 관한 우리의 직관은 아름다움에 관한 만족스러운 법칙을 만들어내는 데는 별 도움이 되지 못했다. 이제는 일정한 양의 블루베리 잼을 꾸준하게 만들어내는 것과 마찬가지로 배스와 같은 매력을 가진 도시를 재생산하는 것도 쉬운 일일 것이라고 생각할지 모른다. 인간이 어느 시점에서 훌륭한 능력을 발휘하여 도시 설계의 걸작을 창조했다면, 그 이후에 이어지는 여러 세대도 똑같이 훌륭한 환경을 마음대로 꾸며낼 능력을 가질 수 있어야 한다는 것이다. 따라서 도시가 마치 진귀한 피조물이나 되는 것처럼 경의를 표할 필요는 없다. 새로운 초원이나 관목지를 개발할 때에 그 미덕을 얼마든지 다시 부여할 수 있기 때문이다. 보존이나 복원에 에너지를 집중할 필요도 없다. 그것은 우리 자신이 무능할 때에나 하는 이야기이다. 우리는 베네치아의 강변을 위협하며 찰랑거리는 물에 위협을 느낄 필요도 없다. 우리는 언제라도 그 귀족의 궁전들을 바다에 내줄 수 있다는 자신감을 가져야 한다. 아름다움에서 그 낡은 석조 건물들에 맞먹는 새로운 건물을 언제라도 창조할 수 있기 때문이다.

그러나 건축은 그것을 규칙이 가득한 과학적인 길 위에 올려놓으려는 시도들을 번번이 물리쳤다. 『햄릿』이나 『맨스필드 파크』가 있다고 해서 좋은 문학의 비밀이 드러난 적이 없듯이, 오토 바그너나 시구르트 레베렌츠의 작품들이 열등한 건물의 번성을 줄여주지는 못했다. 예술의 걸작은 여전히 우연한 일처럼 보인다. 예술가들은 가끔씩만 불을 피우는 데 성공하는 원시인 같다. 그 성과의 기초를 남들에게 전달하기는커녕, 자신이 어떻게 불을 피웠는지도 헤아리지 못하는 것이다. 예술적 재능은 칠흑처럼 검은 밤을 가로질러 줄무늬를 그리는 불꽃과 같아서, 보는 사람들에게 경외감을 불러일으키지만 몇 초가 지나면 꺼지고 어둠과 갈망만을 남긴다.

내심 건축의 아름다움 뒤에 숨은 작동원리를 짐작하고 있는 사람들도 자신의 생각을 공표할 가능성은 적다. 스스로 비논리적인 이야기를 하거나 상대주의의 수호자들에게 공격을 받을 것이라는 두려움 때문이다. 이 상대주의의 옹호자들은 개인의 취향에 객관적 법칙의 옷을 입히려는 모든 사람들을 비난한다.

2

그러나 그런 두려움이 언제나 널리 퍼져 있었던 것은 아니다. 이전 시기의 건축 이론가들은 위대한 건축물들로부터 비밀을 알아낼 수 있다고 열렬히 주장했다. 그들은 다른 인간 또는 자연현상과 마찬가지로 건축을 합리적으로 분석할 수 있다고 생각한 것이다. 따라서 가장 훌륭한 건축물들을 주의 깊게 연구하면 아름다움의 법칙들이 나오며, 그것을 또렷하게 표현하면 도제들에게 영감을 주고, 의뢰인들에게 정당하게 겁을 주며, 공감하는 건축물을 온 땅에 광범하게 퍼뜨릴 수 있을 터였다.

이렇게 간헐적으로 터져나오던 성문화成文化의 야망은 르네상스 시대에 안드레아 팔라디오의 『건축론』(1570)의 출간과 더불어 그 절정에 이르렀다. 팔라디오의 책은 서양에서 성공적인 건물의 비밀을 체계적으로 벗겨내려는 가장 영향력 있는 시도일 것이다.

팔라디오는 구체적으로, 이오니아 양식 기둥을 설계할 때는 평방, 소벽, 배내기가 기둥 높이의 5분의 1이 되도록 해야만 만족스러운 결과를 얻을 수 있다고 말했다. 반면 코린트 양식 주두는 그 높이가 기둥 최하단부의 폭과 같아야 했다. 실내로 들어가서는 방의 높이는 적어도 폭과 같아야 하며, 세로와 가로 사이의 정확한 비율은 1:1, 2:3, 3:4이고, 현관은 중심축에 자리를 잡고 집의 양쪽 날개는 절대적으로 대칭을 이루어야 한다고 말했다.

3

그러나 이런 자신만만한 주장들에도 불구하고 팔라디오의 법칙은 그가 지은 집의 평판처럼 오래가지는 못했다. 이 법칙들이 불신을 산 것—결국 매력적인 건축의 과학을 구축하려는 모든 시도가 점차 시들게 되었다—은 마치 찢어진 그물이 물고기를 쑥쑥 통과시키듯이 수많은 예외를 인정했기 때문이다.

행복의 건축

법칙이 허용하는 것: 퀸런 테리와 레이먼드 에리스, 아이오닉 빌라, 런던, 1990년.

런던의 레전트 공원 북단에는 팔라디오의 논문이 처음 출간되고 나서 400년 이상 지난 뒤에 지어진 저택이 있다. 이 저택은 그 논문에서 말하는 비율, 방의 배치, 복도의 축, 기둥의 지름 등에 관한 여러 교의 가운데 많은 부분을 의무적으로 따랐다. 따라서 이 집은 당대 런던에서 최고의 건축물 가운데 하나로, 빌라 로톤다의 앵글로색슨계 상속자로 인정받아야 했다. 그러나 실제로 이 저택은 그런 칭찬을 듣기는커녕, 노골적인 조롱의 대상이 되었다.

이 저택의 문제는 다양했다. 일단 형태가 그 시대와 조화를 이루지 못했다. 당대의 이상과 모순되는 귀족적 자부심을 지나치게 풍겼다. 벽은 색조가 너무 보드라웠다. 재료는 흠 하나 없이 매끄러워서 팔라디오 빌라들의 매력의 주요한 요소였던 유서 깊은 위엄의 느낌을 주지 못했다. 팔라디오가 아름다움의 법칙을 두 다스쯤 추가했더라면 혹시 이 저택의 단점들을 보완해줄 수 있었을지도 모르겠다.

팔라디오를 따른다고 곧바로 아름다움에 이르는 것은 아니듯이, 그의 조언을 무시한다고 해서 집이 추해지는 것도 아니다. 레이크 디스트릭트에 있는 오두막 한 채를 상상해보라. 그 현관은 한쪽 구석에 비좁게 자리하고 있다. 방들은 축과는 거리가 먼 곳에 있다. 기둥은 가공하지 않은 굵은 떡갈나무로 만들었다. 천장은 사람이 허리를 펼 수 없을 정도로 낮다. 그 비율은 수학적 공식을 전혀 따르지 않은 것 같다. 그러나 이 오두막은 팔라디오의 권위 있는 『건축 사서』의 거의 모든 원칙을 위배했음에도, 심오한 매력으로 우리를 유혹한다.

4

이런 예외들은 건축가들에게 강한 충격을 주었다. 그들은 좌절감에 사로잡혀 법칙이라는 관념 자체에 등을 돌렸으며, 그런 법칙이 순진하고 터무니없다고, 유토피아적이고 경직된 정신의 산물이라고 공격했다. 아름다움이라는 개념은 본질적으로 손에 잡히지 않는 것이며, 따라서 조용히 옆으로 비켜서서 바라보아야 한다는 이야기였다.

그러나 신팔라디오주의적인 원리들이 좌절을 겪었다고 해서, 신경을 곤두세우고 침묵을 지키기보다는 더 섬세한 대응을 할 필요가 있다. 한 건물의 아름다움에 기여하는 것들 전체를 알지 못하더라도 이 문제에 관해서 이론을 제기하는 것은 가능하다. 그렇게 해서 다른 사람들을 자극하면, 추가로 보완적인 생각들이 나오고, 이를 통해서 지식 전체가 진화해 나아갈 것이기 때문이다.

건축의 미학적 측면을 두고 공개적인 판단을 주저하는 태도를 극복하려면, 우리가 다른 사람들의 장점과 약점을 논의할 때는 비교적 자신감을 보인다는 사실을 생각해보라. 사교적인 대화의 많은 부분은 그 자리에 없는 제3자가 암묵적인 이상적 행동에 부응한, 또는 그보다 훨씬 더 많은 경우이지만, 그런 행동으로부터 멀어진 다양한 사례들에 대한 토론으로 이루어진다. 일상적 영역에서건, 학문적 영역에서건, 우리는 미덕과 악덕을 확인하는 일에 끌린다. "뒷공론"은 윤리철학의 통속적인 변형일 뿐이다. 보통 우리의 불만과 감탄을 추상적 가설로 증류해내는 일은 거의 없지만, 그럼에도 우리는 인간의 선을 확인하고 분석하는 것을 목표로 삼고 논문을 썼던 철학자들의 자취를 자주 쫓아다닌다.

이런 철학자들이 인간의 미덕에 이름을 붙였듯이 우리도 건축의 미덕에 이름을 붙일 수 있다. 관용이나 겸손, 정직이나 온화의 등가물을 건축에서 세심하게 집어낼 수 있다는 것이다. 건축과 윤리를 비교하다 보면 건물의 아름다움에 단일한 요인은 없다는 점을 인식하는 데도 도움을 얻는다. 어떤 사람의 우수함을 한 가지 특질로만 집어낼 수 없는 것과 마찬가지이다. 자질이 효과를 발휘하려면 어울리는 순간에, 특정한 조합으로 나타나야 한다. 어울리지 않는 재료로 만들어진 적당한 비율의 건축은 용기는 있지만 인내나 통찰이 없는 사람과 마찬가지로 그 결함이 도드라져 보인다.

다양한 미학적 덕목으로 무장한 건축가나 그 고객은 아름다움

의 우연한 또는 신성한 기원과 관련된 낭만적인 신화들에 지나치
게 의존하지 않는다. 더 정교하게 정의된 미덕, 또 건축 논의에서
쉽게 받아들일 수 있는 미덕들을 알고 있으면 우리가 직관적으로
사랑하는 환경을 체계적으로 이해하고 재창조할 가능성도 높아
진다.

질서

1

파리의 어느 넓은 도로 위쪽 끝에 있는 교통섬에 서서 보면 웅장한 아파트 건물들이 대칭을 이루며 널찍한 회랑처럼 위로 쭉 뻗어 있다. 그 맨 끝에는 널찍한 광장이 조성되어 있고, 광장에는 한 남자가 기둥 위에 당당하게 서 있다. 세상의 부조화에도 불구하고 이 건물들은 서로의 차이를 해소하고 완벽한 반복적 무늬 속에 겸손하게 자기 자리를 잡고 있다. 건물 각각은 그 천장, 전면, 재료에서 이웃과 완벽하게 조화를 이룬다. 눈이 닿는 한 망사르드 지붕(물매가 하부는 싸고 상부는 뜨게 2단으로 경사진 지붕/역주) 하나, 난간 하나도 줄이 어긋나지 않는다. 모든 층의 높이와 모든 창문의 위치가 거리를 따라 서로 마주보며 되풀이된다. 아케이드는 발코니로 올라가며, 발코니는 3층짜리 풍파에 젖은 사암으로 바뀐다. 이 사암은 또 납을 덮은 부드러운 둥근 지붕과 만난다. 몇 미터마다 엄숙하고 기하학적인 굴뚝이 끼어든다. 건물들은 일단의 발레단원들처럼 발을 끌며 앞으로 나아가는 것 같다. 각각이 엄격한 댄스 교사의 지휘봉에 순종하는 것처럼 보도의 똑같은 지점에 발가락을 가져다대고 있다. 다른 부차적인 행렬이 이 건물들의 박자에 맞추어 조화를 깨지 않고 따라온다. 가로등과 벤치로 이루어진 행렬이다. 정확성을 보여주는 이런 광경은 방문객이나 감수성이 예민한 거주자에게 아름답다는 느낌으로 다가온다.

규칙성과 균일성이라는 특질들과 연결된 아름다움이다. 이런 광경을 보다 보면 어떤 종류의 건축적 위대함의 핵심에는 질서라는 개념이 있다는 결론을 내리게 된다.

이 거리는 독특한 인간 지능의 산물이다. 자연이 이런 통일성과 선형성에 필적할 만한 것을 창조할 가능성은 전혀 없다는 느낌이 든다. 이 거리에서 우리는 인간 정신의 가장 합리적이고 계획적인 움직임이 외화된 모습과 마주한다. 이곳에 서서 지금 이곳을 지배하는 고요 이전에 있었을 혼란을 상상할 수도 있다. 숨이 막힐 듯한 더운 여름날 수백 명의 노동자들이 망치질과 톱질을 했을 것이다. 수많은 업자들이 이 거리를 조성하는 데에 사용된 재료를

행복의 건축

샤를 페르시에와 피에르 폰테인, 카스틸리오네 거리, 파리, 1802년.

오랜 기간에 걸쳐 전국에서 모았을 것이다. 그들 중 많은 사람들
은 자신의 동료들이 무슨 일을 하는지 몰랐을 테지만, 한 사람의
최고계획자가 그들 전체를 인도하여 일을 진행시켰을 것이다. 동
쪽과 남쪽의 채석장에서는 여러 집단의 석공들이 몇 달에 걸쳐 끌
로 비슷한 형태를 쪼았을 것이다. 이렇게 해서 생산된 돌들은 불
평 없이 이웃한 돌들 옆에 자리를 잡았다.

이 거리는 건축과 관련된 모든 작업이 요구하는 희생을 이야기
한다. 돌은 2억 년 전 지질학적 취침 시간에 잠자리에 든 그 상태
로 계속 누워 있는 쪽을 더 좋아했을지도 모른다. 난간의 쇠의 원
광 역시 마시프상트랄(Massif Central, 프랑스 중남부에 있는 고원 모양

의 산악지대/역주)의 소나무 숲 밑에 그대로 박혀 있는 쪽을 택했을
지도 모른다. 그러나 그들은 결국 다른 원료들의 교향곡과 더불
어 잠에서 깨어나 거대한 도시 구성에 참여하게 되었다. 장인의 수
레는 며칠씩 걸려 도시에 도착했을 것이다. 수레를 모는 사람은
가족을 남겨두고 왔을 것이고, 싸구려 여인숙에서 묵었을 것이다.
덕분에 어느 날 파이프 한 토막이 아파트 2층에서 세면대와 조용
히 결합되어, 극적이지는 않지만 의미심장한 방식으로 이곳이 좀
사람이 살 만한 곳이 되었을 것이다.

　파리의 이 거리가 우리에게 감동을 주는 것은 그 특질이 보통
우리 삶을 채색하는 특질들과 날카로운 대조를 이루기 때문이
다. 우리가 그것을 아름답다고 부르는 것은 그 반대되는 것들에
지나치게 익숙하여 마음이 겸허해졌기 때문이다. 가정생활에서는
실쭉거리거나 사소한 일로 말다툼을 벌이곤 한다. 건축에서도
분노와 질투심에 가득 찬 연인처럼 이웃에게는 무관심한 채 자기
한테만 관심을 끌려고 아우성치는 요소들만 가득한 혼란스러운
거리를 보는 데에 익숙하다. 그러나 이 질서 잡힌 거리는 더 높고
집단적인 구도를 위하여 개인적인 자유를 내놓는 일의 유익을 가
르친다. 이 구도 속에서는 모든 부분이 전체에 기여하여 더 큰 뭔
가가 된다. 우리는 말다툼을 벌이고, 죽이고, 훔치고, 거짓말을
하기 쉬운 피조물이지만, 이 거리를 보다 보면 우리도 가끔은 천
박한 충동을 극복하고 수백 년 동안 이리들이 으르렁거리던 황
무지를 문명의 기념물로 바꾸어놓을 수도 있다는 생각을 하게
된다.

행복의 건축

2

질서는 거의 모든 중요한 건축의 매력에서 빼놓을 수 없는 요소이다. 이 특질은 너무나 근본적이기 때문에 아무리 수수한 기획이라고 하더라도 그 잉태 단계에서부터 이것을 고려하지 않을 수 없다. 전기 회로나 파이프를 세심하게 그려놓은 다이어그램에서도, 입면도와 평면도에서도 질서를 찾아볼 수 있다. 모든 케이블과 문틀의 치수를 적어놓은 이런 아름다운 문건들에서는 그 상징이나 숫자의 정확한 의미를 이해하지 못한다고 해도, 정확성과 어떤 의도가 우리를 압도하는 것을 느끼며 기쁨을 맛보게 된다.

"당신들은 이 건조한 숫자들이 시詩와 대립한다고 불평하기 좋아하지!" 르 코르뷔지에는 우리가 그런 설계도나 대칭을 이루는 다리, 건물, 광장의 형태에 내재한 아름다움을 간과하는 것에 절망하며 그렇게 비난했다. "이런 것들이 아름다운 것은 일관성이 사라진 것처럼 보이는 자연이나 인간의 도시 한가운데서 이곳이야말로 기하가 있는 장소이며, 실용적인 수학이 지배하는 영역이기 때문이다……, 기하는 순수한 기쁨이 아닐까?"

기하가 자연에 대한 승리를 대표하기 때문에 기쁨이라는 것이다. 감상적인 독법이 제시하는 것과는 달리 자연은 사실 우리가 생존을 위해서 의지하는 질서와 대립한다. 자연은 그냥 내버려두면 망설임 없이 우리 도로를 짓밟을 것이며, 건물을 할퀼 것이며, 우리 벽에 제멋대로 덩굴을 뻗어, 우리가 신중하게 짜놓은 기하학적 세계를 원시의 혼돈으로 되돌려놓을 것이다. 자연의 길은 인간의 작업을 부식시키고, 녹이고, 약화시키고, 오염시키고, 갉아먹는 것이다. 결국 자연이 승리를 거둘 것이다. 결국 우리는 너무 지쳐

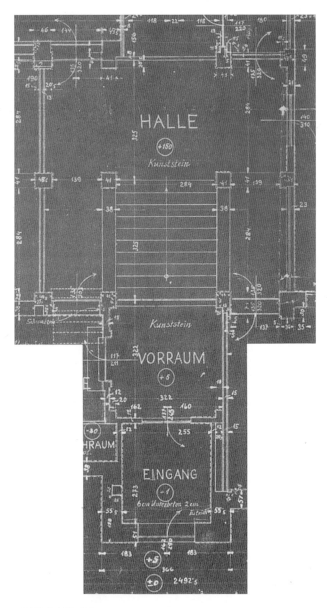

기하의 순수한 기쁨 :
루트비히 비트겐슈타인, 설계도, 비트겐슈타인 하우스, 빈, 1928년.

서 그 파괴적인 원심력에 저항할 수 없을 것이다. 지붕과 발코니를 수리하는 데도 지쳐 잠을 갈망하게 될 것이다. 조명은 침침해질 것이고, 잡초들은 걷잡을 수 없이 우리 서재와 상점들 위로 암 같은 촉수를 뻗을 것이다. 우리는 머리 한쪽 구석에서 이런 불가피한 재앙을 인식하고 있기 때문에 거리의 아름다움에 특히 민감하다. 그곳에서 우리의 생존의 핵심을 이루는 특질들을 인식하기 때문이다. 질서를 향한 충동은 삶을 향한 충동과 동의어임이 드러난다.

3

건축의 질서는 지나치게 복잡해지는 감정들로부터 우리를 방어해주기 때문에 또한 매력적이다. 우리는 우리가 마음을 기댈 수 있는 규칙성과 예측 가능성을 보여주는 인공적 환경을 환영한다. 결국 우리는 놀라운 일이 계속되는 것을 별로 좋아하지 않는 것이다.

우리가 그런 놀라움을 얼마나 하찮게 여기는지는 먼 길을 마다 않고 구경하러 가는 것들에서도 나타난다. 우리는 산꼭대기, 눈앞에 파노라마가 펼쳐지는 테라스, 스카이라인이 보이는 레스토랑, 관측소에 가서 기쁨을 맛본다. 이런 곳에서 우리는 멀리 있는 것을 눈으로 볼 수 있다는 아주 기본적인 기쁨을 느낀다. 도로와 강이 갑자기 우리 앞에 나타나는 것이 아니라, 우리 눈으로 풍경을 가로질러 그것을 따라가볼 수 있다.

예를 들면 건물에서도 길고 규칙적인 진입로가 내다보이는 시골 별장 창문에서, 집의 한 쪽 끝에서 다른 쪽 끝까지 뻗어 있

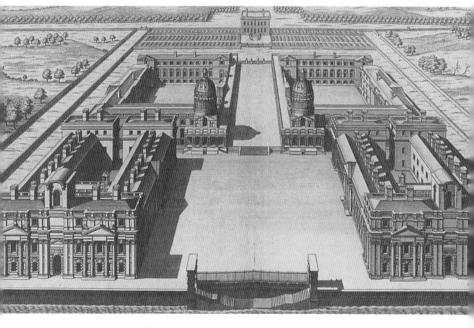

질서 잡힌 광경이 주는 기쁨:
위 카를 프레데릭 아델크란츠, 슈투레호프 장원, 스톡홀름 근처, 1781년.
아래 크리스토퍼 렌과 그 후계자들, 그리니치 병원, 1695년경.

는 회랑에서, 축을 중심으로 완벽한 대칭을 이루는 일련의 뜰에서 비슷한 기쁨을 맛볼 수 있다. 이렇게 구조가 질서 있게 표현된 곳에서 우리는 결국 우리를 삼킬 수밖에 없는 예측 불가능성을 길들였다는 느낌을 받는다. 상징적으로 말하면 알 수 없기 때문에 곤혹스러울 수밖에 없는 미래를 휘어잡았다는 느낌을 받는 것이다.

4

우리는 문학에서처럼 건축에서도 중요한 작품은 복잡하다고 믿는 경향이 있지만, 사실 많은 매혹적인 건물들은 놀랄 만큼 단순하다. 심지어 반복적인 면도 있다. 블룸즈버리의 흥미로운 테라스하우스들이나 파리 중심부의 아파트 건물들은 지어질 당시 시의 강제적인 건축법에서 규정하던 변함없고 독특한 기본적 패턴에 맞추어 조립된 것이다. 이 법은 여러 세대에 걸쳐 건축가들의 상상력을 억제했다. 건축가들은 법에서 받아들이는 좁은 범위의 재료와 형태에서 벗어날 수 없었으며, 마치 결혼이라는 제도를 받아들일 때처럼 구속이 주는 만족을 얻는다는 미명하에 제한된 선택을 받아들였다.

이후에 건축법은 많은 도시에서 자취를 감추었고, 그와 더불어 수수하고 질서 정연하면서도 꽤 만족스러운 건물들도 사라졌다. 이러한 현상은 낭만주의 시대에 건축이라는 분야를 관장했던 왜곡된 교조, 즉 건축의 위대성과 독창성 사이에는 필연적인 연관이 있다는 믿음 때문이기도 하다. 19세기에 건축가들은 그들의 작품이 얼마나 독특한가에 따라서 보답을 받았다. 그 결과 익숙한 형태로 새로운 집이나 건물을 짓는 것은 소설이나 시를 표절하는 것과 마찬가지로 경멸의 대상이 되었다.

이렇게 개인의 천재성을 강조하다 보니 조심스럽게 짜놓은 도시의 구도가 깨지는 의도하지 않은 결과가 나타났다. "매일매일 우리 건축가들이 독창적이고 새로운 양식을 만들어냈다는 이야기를 듣게 된다." 1849년 존 러스킨은 시각적 조화가 갑자기 사라진 사태에 당황하여 그렇게 말했다. 러스킨은 "작업장이나 교회를 지을 때마다 새로운 건축이 발명되었다"고 믿는 것보다 더 해로운 것이 어디 있겠느냐고 물었다. 러스킨은 건축이 "한 학파"의 작품이어야 한다고 주장했다. "그래서 오두막에서 왕궁에 이르기까지, 예배당에서 바실리카에 이르기까지, 한 나라의 건축의 모든 특징은 그 언어나 주화와 마찬가지로 모두가 공유해야 한다." 반세기 뒤 아돌프 로스는 비슷한 맥락에서 건축가들에게 집단적 일관성을 위해서 개인적 야망은 제쳐두자고 호소했다. "최선의 형식은 이미 존재하며, 그 기본적 구상이 다른 사람에게서 나왔다고 하더라도 그것을 사용하는 것을 두려워해서는 안 된다. 천재니 독창성이니 하는 것들은 이만하면 충분하다. 계속 우리 자신을 반복하기나 하자. 한 건물이 다른 건물과 닮게 하자. 『독일 예술과 장식』에 소개되지 않아도 좋다. 응용미술 교수가 되지 않아도 좋다. 다만 우리 자신, 우리 시대, 우리 나라, 인류를 우리 능력이 닿는 데까지 섬길 뿐이다."

그러나 이 말에 귀를 기울인 건축가는 거의 없었다. 집이나 사무실 설계를 맡으면 그것을 기회로 창틀이나 앞문의 설계를 제1

행복의 건축

원리부터 다시 생각해보았다. 그러나 달라지려고 애쓰는 건축가는 결국 상상력이 지나치게 풍부한 조종사나 의사만큼이나 골치 아픈 존재가 될 수도 있다. 어느 분야에서는 독창성이 매우 중요하지만, 다른 많은 분야에서는 자제하면서 절차를 고수하는 것이 더 의미 있는 미덕이 된다. 우리는 거리 모퉁이를 돌 때마다 새로운 것에 놀라고 싶지는 않다. 건물에 일관성을 요구한다. 우리 스스로가 방향을 잃고 격앙된 심정에 사로잡히는 경우가 너무 많기 때문이다. 아이들에게 규칙적인 취침 시간과 익숙하고 자극적이지 않은 음식이 필요한 것처럼, 우리에게도 비슷한 것들이 주는 규율이 필요하다. 우리는 우리의 환경이 우리가 아슬아슬하게 지탱하고 있는 평온과 방향성의 수호자 역할을 해주기를 바란다. 우리에게 가장 큰 도움을 주는 건축가는 넓은 마음으로, 천재성을 주장하고 싶은 욕구를 밀쳐두고, 우아하지만 독창성은 없는 상자들을 조립하는 데에 헌신하는 사람일지도 모른다. 건축은 약간 따분한 맛이 있어야 하며, 그러려면 자신감을 가지고 상냥한 태도를 잃지 말아야 한다.

5

그러나 질서를 사랑하는 마음에도 한계가 없지 않다. 창마다 똑같은 알루미늄 틀에 똑같은 사각형 반사 유리를 고정해놓은 고층 사무용 건물 앞에 설 때면 그 점을 인정하지 않을 수 없다. 이런 건물은 층마다 똑같아서 오른쪽과 왼쪽, 앞과 뒤가 구별되지 않는다. 그 표면에는 안테나나 보안 카메라 하나도 제멋대로 달

질서의 한계:
사무용 건물, 트렌턴, 뉴저지, 1995년.

려 있는 법이 없어, 이 엄청난 격자가 보여주는 조화는 좀처럼 흐
트러지지 않는다. 이런 상자는 그 질서 정연한 본성의 증거로 우
리의 감탄을 자아내기보다는 권태와 짜증을 자극한다. 그곳에 있
으면 혼돈으로부터 질서를 일구어내는 데에 필요했을 노력은 잊
기 쉽다. 건물의 규칙성을 찬양하는 대신 그 지루함을 비난하기
십상이다.

　우리는 질서를 높이 평가하지만, 그것은 이 질서에 복잡성이 수
반될 때, 즉 다양한 요소들이 어우러져서 질서를 이루고 있다고
느낄 때이다. 창문, 문을 비롯한 다른 세목들이 하나의 구도로
꽉 짜여 규칙적인 동시에 복잡하다고 느낄 때인 것이다. 그래서
베네치아의 산마르코 광장에 갔을 때도 우리의 눈길을 사로잡고
우리를 매혹하는 것은 총독궁이지, 행정관 사무실이 아니다. 두

건물의 전면이 모두 계획에 따른 것이지만, 총독궁만이 정교한 패턴으로 질서의 느낌을 생생하게 표현한다. 이 위대한 고딕 상자는 어느 한 층도 높이나 장식 모티프에서 다른 층을 복제하지 않으며, 자신 있게 우리의 눈길을 잡아둔다. 그 형태들을 판독하려다 보면 어떤 지성을 느낄 수는 있지만 그것을 곧바로 이해할 수는 없다. 여기에서 단순한 반복 체계는 찾아볼 수 없다. 꼭대기 층의 창과 1층의 아치는 같은 가족 출신이지만, 크기도 다르고 간격도 다르다. 맨 꼭대기의 클로버잎 벽감은 2층 회랑 기둥 위의 조각을 닮았지만 일치하지는 않는다. 각 층이 서로 조화를 이루면서도 각자 독자적인 길을 추구하는 것 같다. 눈이 전면을 따라 위로 올라가다 보면 분위기의 변화를 느끼게 된다. 1층에서는 두 발을 불평 없이 땅에 굳게 파묻고 있는 분별력 있는 일꾼 같은 분위기가 느껴지는 반면, 2층은 장식이 화려한 드레스 같은 느낌을 준다. 그 위에 자리잡은 흰색과 분홍색의 거대한 벽돌 구조물은 무늬가 있는 탁자보 같아 보인다. 그렇게 보는 순간 회랑의 아치들은 장식용 술로 바뀌고, 1층의 아치들은 탁자 다리로 바뀐다. 이 전체가 흥겨운 분위기로 끝을 맺는다. 지붕선 장식이 베네치아의 하늘을 향해 인사를 하는 카니발 모자를 암시하기 때문이다.

이와 비교할 때, 행정관 건물의 고전주의적 전면에는 우리의 눈길을 붙잡거나 우리를 놀라게 할 수수께끼가 없다. 한번 보면 그 설계의 구도를 연역할 수 있다. 1층이 하나의 패턴을 설정해놓자, 2층과 3층은 아무런 상상력 없이 소규모로 그 패턴을 모방할 뿐이다. 이 건물과 총독궁의 차이는 단조로운 북소리와 바흐의 푸가의 차이와 같다.

질서의 지루함 : 마우로 코두치, 행정관 건물, 베네치아, 1532년.

6

전면에서 복잡성을 만들어내는 가장 확실한 수단은 문과 창문 처리에 변화를 주는 것이다. 그러나 벽돌, 석회암, 대리석, 동록銅綠 이 슨 구리, 목재, 콘크리트 등을 사용해도 복잡하면서도 기분 좋은 효과를 얻을 수 있다. 이 재료들은 겉모습이 약간 거칠면서도 원시적인 느낌을 주지만, 동시에 뭔가 유기적이고 길들여지지 않은 것이 꿈틀대는 듯한 느낌도 준다. 이런 활력 있는 재료에 질서가 부여되면, 정신이 논리와 조화를 이루면 그 자식으로 아름다움이 태어날 것 같다. 노발리스는 이렇게 말했다. "예술 작품에서

복잡성과 결합된 질서가 주는 기쁨 : 총독궁, 베네치아, 1340-1420년.

는 질서의 베일을 통해서 혼돈이 아른거려야 한다."

　이 독일 시인의 통찰을 완벽하게 존중하는 돌담이 있다. 이 벽에서는 모든 벽돌이 마치 살아 있는 듯이 제멋대로이고 개별적이며, 독특한 개성과 이야기를 담고 있다. 어떤 벽돌은 비틀리고 어두우며, 그 다음 벽돌은 분홍색으로 순결하고, 세 번째 벽돌은 고집스럽고 자그마하며, 그 다음 벽돌은 호두빵 같은 색깔과 질감이 느껴진다. 그러나 이 모든 서로 다른 성격들이 크림 같은 모르타르 속에서 나란히 자리를 잡고, 끝에서 끝까지 똑같은 전체적 구도를 확인해주며, 개성과 조화 사이에서 완벽한 균형을 이루고

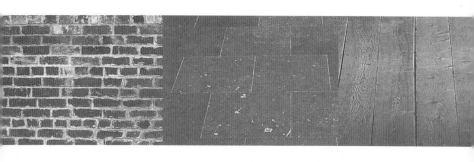

있다.

판석 바닥도 이와 마찬가지로 대립하는 힘들 사이에서 비슷한 조화의 모습을 보여줄 수 있다. 석공이 크고 둔한 돌들을 설득하여 체계적인 격자 내에 자리를 잡게 해준 바닥이 있다. 그것을 보면 이 돌들의 성격 가운데 지나친 부분을 다듬었다는 것, 그들을 떼어낸 거친 절벽에서는 여전히 분명하게 드러나는 야만으로부터 벗어나도록 그들을 교육했다는 것을 느낄 수 있다. 이 돌들은 도전적인 태도를 버리고, 이끼 같은 수염을 깎고, 사마귀와 무좀을 정리했다. 모두 공동의 규율을 위한 것이었다. 이렇게 해서 이루어진 바닥을 가로지를 때마다 우리는 권태의 위험이 없는 질서, 무정부 상태의 그림자가 없는 활력을 느끼게 된다.

나무 바닥에서도 비슷한 기쁨을 맛볼 수 있다. 한때 자연의 맥박이 고동치던 나무는 이제 톱의 의지에 굴복하여 널이 되었지만, 널 하나하나에는 목수의 기하학적 가공과 대위 선율을 이룰 만한 생명의 표시가 남아 있다. 나무의 소용돌이, 회오리, 불완전함을 보면, 거칠게 들썩이는 순간에 얼어붙은 강을 보는 듯하다. 불규칙한 면들은 그대로 남아 있다. 옹이는 대패질로 매끄럽게 다듬지

행복의 건축

못했으며, 우묵하게 들어간 곳이나 비틀린 곳도 다 정리되지 않았다. 그럼에도 이런 특징들은 위협적이라기보다는 우아하며, 복잡성을 일깨운다. 긴 쇠못으로 일정한 대오를 이루도록 고정되어, 일련의 차분한 평행선과 직각 속에 말끔하게 들어가 있기 때문이다.

질서와 혼돈 사이의 팽팽한 긴장은 재료만이 아니라 윤곽과 집터에서도 느낄 수 있다. 메릴러본에 있는 존 내시의 파크 크레센트는 직선으로 설계되었다면, 상대적으로 진부한 한 줄짜리 테라스하우스가 되었을 수도 있다. 이곳이 특별히 아름다운 이유는 그 질서가 곡선이 행사하는 대조적이고 전복적인 인력에 대항하여 얻어낸 것임을 느낄 수 있기 때문이다. 각각의 건물이 그 이웃과 이루는 각을 섬세하게 조절하는 것, 반원의 반항적인 호를 둘러싸고 전면을 구축하는 것이 얼마나 힘들었을지 충분히 상상할 수 있다.

암스테르담 동부 선창가의 디너와 디너의 랑하우스 아파트 단지는 거대하고 매우 반복적인 구조물이지만, 창문들의 비대칭적 리듬(67 : 12 : 21), 전면의 조악하고 얼룩덜룩한 벽돌들, 칙칙하고 비바람이 심한 물길 가장자리에 자리하고 있다는 점 등이 그 규칙성을 보완한다. 그런 세부사항들 덕분에 이 건물은 올바르게 질서가 잡혀 웅장한 면모를 드러낸다.

바로 옆의 주택단지에 줄줄이 늘어선 테라스하우스들은 엄격한 건축법 때문에 건물은 폭 4.2미터, 높이 9.5미터라는 똑같은 크기를 채택하게 되었다. 그러나 이런 한계 내에서도 재료, 창문의 모양, 각 층의 높이를 이용하여 기발한 면들을 풍부하게 드러낸다. 운하를 마주 보는 전면들을 훑어보면 그들이 엄격한 한계를 결코

비율과 곡선이 지루함을 밀어낸다:
존 내시, 파크 크레센트, 1812년.

벗어나지 않았다는 사실에 감탄하면서도 그 다양한 모습에서 즐거움을 맛보게 된다. 체코 공화국의 텔치도 비슷한 성과를 얻었다. 이곳 중앙 광장 주변에 늘어선 주택들은 똑같은 평면도를 따라 지은 것이다. 그러나 이런 획일성은 색깔, 쇠시리, 지붕 모양의 자유로움으로 상쇄되었다. 그 결과는 귀엽게 줄을 서 있는 초등학생들을 연상시킨다. 이 아이들의 주된(또 어쩌면 유일한) 닮은 점은 모두 키가 같다는 것뿐이다.

7

이런 작품들은 아름다움이 질서와 복잡성이라는 양 극단 사이에 있다는 오래된 격언이 진실임을 보여준다. 배후에 위험이 존재해야만 안전이 얼마나 소중한지 알 수 있듯이, 혼란과 질서 사이에서 아슬아슬하게 줄타기를 하는 건물에서만 우리는 질서를 세우는 우리의 능력이 얼마나 고마운지를 알 수 있다.

디너와 디너, 랑하우스, 야바 섬, 암스테르담, 2001년.
맞은편 위 웨스트 8/보르네오 스포렌부르그 하우스, 암스테르담, 1997년.
맞은편 아래 중앙 광장, 텔치, 모라비아 남부, 16세기.

행복의 건축

균형

1

우리는 질서와 복잡성의 병치에서 생기는 즐거움 밑에서 이와 관련된 건축학적 미덕인 **균형**을 확인할 수 있다. 낡은 것과 새로운 것, 자연스러운 것과 인공적인 것, 사치스러운 것과 수수한 것, 남성적인 것과 여성적인 것을 포함한 여러 대립들을 건축가들이 능숙하게 중재할 때마다 아름다움은 피어나는 것 같다.

2

아이히슈테트의 저널리즘 연구소가 입주해 있는 U자 모양의 바로크 건물 한가운데에는 수십 년 동안 마당이 있었다. 이곳에는 꽃밭과 자전거 걸이밖에 없었다. 그러다가 1980년대 중반, 공간 부족을 해소하기 위해서 연구소 이사들은 건축가 카를요세프 샤트너에게 새로운 건물 설계를 위촉했다. 그는 박공벽을 바르고 아름답게 장식을 한 기존의 두 건물 사이의 빈 공간에 눈 하나 깜짝하지 않고 콘크리트와 유리로 만든 현대식 블록 모양의 건물을 집어넣었다. 그러나 양식에서는 서로 완전히 달랐지만, 낡은 것과 새로운 것은 매혹적인 조화를 이루면서 묘한 상호의존 관계까지 형성했다. 서로 약점은 가려주고 매력은 높여준 것이다. 만일 둘 가운데 어느 한쪽을 없앤다면 남은 하나는 현학적으로 완고

둘 중의 하나를 없애면 뭔가를 잃는다:
카를요세프 샤트너, 저널리즘 연구소, 아이히슈테트, 1987년.

해 보이거나 가차 없이 현대적으로 보일 것이다. 그러나 둘이 함께 함으로써 감정적 기질의 매혹적 종합을 이루어냈다.

루이스 칸이 뉴헤이번에 지은 예일 영국 미술 센터의 로비에는 콘크리트 벽과 거기에 박아넣은 영국 떡갈나무 판벽의 상호작용 덕분에 또다른 대립물들이 조화를 이루고 있다. 이 두 가지만큼 서로 공통점이 없는 짝을 찾기도 힘들 것이다. 떡갈나무의 힘, 오랜 수명, 고귀함은 영국인들이 이상화하는 성격의 이미지를 보여준다. 풍부한 질감을 보여주는 떡갈나무를 배경으로 오랜 세대에 걸쳐 신사들은 클럽에서 「데일리 텔레그래프」를 읽었고, 옥스브리지 대학 연구원들은 점심을 먹었다. 로빈 후드가 법망을 탈출해서 들어갔던 곳, 그리고 찰스 2세가 크롬웰의 군대로부터 몸을 감추었던 곳도 떡갈나무 숲이었다. 웨스트민스터 성당에 천장을 제공하고, 넬슨의 해군에 배를 제공한 것도 잉글랜드 떡갈나무였다. 따라서 광택이 나는 나무 판벽에서는 농촌 생활, 귀족제, 역사가 연상되고, 가죽이나 위스키 냄새가 감돌았다. 민족성과 관련된 낭만적인 관념들은 말할 것도 없다.

그러나 콘크리트를 사용하면서 이런 면들은 찾아보기 힘들게 되었다. 이 재료는 속도, 경제성을 구현하며, 강화 콘크리트는 야만적인 힘도 보여준다. 콘크리트는 본질적으로 현대적이고 민주적인 매체이며, 20세기 초 건축가들은 이 재료를 재발견하여 곡물 저장고, 차고, 고층 빌딩, 창고 등 기능성을 강조하는 과학기술 시대의 구조물들을 많이 만들어낼 수 있었다.

이상적인 현대의 영국성: 루이스 칸, 예일 영국 미술 센터, 뉴헤이번, 1977년.

그러나 칸은 완전히 대립되는 세계에서 온 두 손님을 맞이한 지혜로운 주인처럼, 이질적인 요소들이 서로의 미덕을 인정하고 서로에 대한 의심을 넘어서도록 도왔다. 그는 그들의 차이를 위장하거나 최소화하려는 시도를 전혀 하지 않음으로써 오히려 둘을 화해시키는 데에 성공했다. 칸은 콘크리트를 벗겨두는 것을 창피해하지도 않고, 그 가난과 완고를 강조하는 것을 두려워하지도 않으며, 대신 우리에게 그 코끼리 같은 회색의 덩어리에서 새로운 종류의 아름다움을 발견하라고 권유한다. 동시에 시간이 떡갈나무에 부여한 따뜻한 색조, 맑음, 줄무늬 결을 한껏 드러내어, 마음 놓고 떡갈나무가 주는 유서 깊은 기쁨을 맛보고 찬양하게 해준다. 다른 어느 나라보다도 역사와 근대성의 경쟁적인 요구에 시달려온 나라의 그림들에 바친 건물로서 예일 영국 미술 센터는 과거와 현재가 공존하면서 서로 보완하는 방식에 관한 우아한 에세이와 다름없다. 이 에세이를 통해서 미술관은 우리에게 이상적인 현대의 영국성을 개략적으로 보여주기도 한다.

이탈리아 알프스 높은 곳에서는 또 하나의 건물이 농촌과 도시, 농업적인 것과 산업적인 것 사이의 만만치 않은 긴장을 해소해준다. 헤르초크와 드 뫼롱의 스톤 하우스는 콘크리트 틀을 드러내놓았으며, 그 안에 주변의 산비탈에서 캐온 돌들을 모르타르 없이 쌓았다. 수백 년 동안 이 지역의 창고나 농가를 짓는 데에 사용되던 이 돌들은 색깔과 크기가 너무 불규칙해서, 시골 특유의 어정쩡함이 느껴질 수도 있지만, 콘크리트 틀의 합리적인 기하가 그것을 막아준다. 칸의 예일 센터와 마찬가지로 헤르초크와 드 뫼롱의 집은 이전에는 서로 연결이 될 것이라고는 상상도 하지 못했던

　　　　　　　　　　　행복의 건축

헤르초크와 드 뫼롱, 스톤 하우스, 타볼레, 리구리아, 1988년.

두 가지 미학적 경향—두 가지 종류의 행복이기도 하다—을 재
료로 아름다움의 패턴을 짜서 조화의 효과를 얻어낸다.

3

건물에서 대조적인 요소들 사이의 균형이 주는 매력을 설명하려면
건축을 넘어선 논의로 나아가는 것이 당연하다. 이런 균형 잡힌
작품들에 매혹을 느끼는 것은 그 시각적 아름다움 때문이기도 하
지만, 무엇보다도 이들이 독특하게 인간적인 선善 또는 성숙의 느
낌을 발산하기 때문인 것 같다.

　반쯤은 의식적으로 우리 자신의 삶의 역학을 건물에서 읽어내
고, 어떤 예들이 보여주는 대립을 우리 자신의 성격 안에서 경쟁
하는 측면들과 연결시키는 일은 피할 수 없는 것처럼 보인다. 건
물 전면의 곡선과 직선의 긴장을 보면 우리 내부의 이성과 감정 사
이의 갈등을 떠올리게 된다. 광택제를 칠하지 않은 나무에서는 인
간의 성실을 본다. 금박을 입힌 판벽에서는 인간의 쾌락주의를 본
다. 꽃무늬가 새겨진 유리창과 검은 콘크리트 블록(위트레흐트 대학
도서관의 외벽에서 볼 수 있다)은 남성적 특질과 여성적 특질을 자연
스럽게 드러내는 쌍둥이로 보인다.

　따라서 우리가 건축에서 중시하는, 그리고 "아름답다"라는 말
을 붙이는 균형은 심리적 수준에서는 정신 건강이나 행복이라고
묘사할 수 있는 상태를 가리킨다는 결론이 나온다. 건물과 마찬
가지로 우리 내부에도 대립물들이 존재하며, 우리는 대체로 이것
들을 성공적으로 다루며 살아간다. 그러나 우리 역시 본능적으로

남자와 여자: 빌 아레츠, 대학 도서관, 위트레흐트, 2004년.

양 극단들을 조화시키고 상쇄시키는 능력에 우리의 행복이 달려 있음을 인정하면서도, 대책 없이 극단—혼돈 또는 엄격함, 퇴폐 또는 금욕, 사내다움 또는 여성스러움—을 향해서 내달릴 수도 있다.

우리의 서로 다른 측면들을 조화시키려는 시도는 대체로 우리 주위의 세계에서는 도움을 얻을 수 없다. 우리 주위의 세계는 일련의 어색한 대립들을 강조하는 경향이 있다. 예를 들면 사람은 재미있으면서 동시에 진지할 수 없고, 민주적이면서도 세련될 수 없고, 코스모폴리탄적이면서도 전원적일 수 없고, 실용적이면서도 우아할 수 없고, 남성적이면서도 섬세할 수 없다는 통념을 생각해 보라.

균형이 잘 잡힌 건축들은 우리에게 다르게 생각해보라고 간청한다. 예를 들면 사치와 소박 사이의 전통적 대립을 보라. 사치라는 관념은 웅장, 거만, 오만과 연결되는 경향이 있었다. 반면 소박

균형 잡힌 삶을 약속하는 균형 잡힌 건물: 실내, 스코가홀름 장원, 내르케, 1790년경.

은 불결, 무능, 투박함 등 여러 가지와 동등하게 여겨졌다. 그러나 18세기 말경에 장식된 스웨덴의 스코가홀름 장원의 내부는 이 두 가지 특질을 짝짓는 것이 불가능하다고 믿는 통념과 당당하게 맞선다.

가구는 세련된 로코코 양식으로 장식되어 있으며, 부드러운 귀족적 곡선에 꽃장식 조각이 돋보인다. 그러나 눈을 바닥으로 돌리면 특이한 것이 보인다. 의자들의 분위기와 어울리는 바닥—예를 들면 대리석 바닥 또는 나무 쪽모이 세공을 한 바닥—과 만날 것이라고 예상하겠지만, 실제로는 거칠고 광택제도 바르지 않은 나무판자들, 건초 보관 창고에서나 눈에 띌 만한 그런 판자들을 보게 된다. 벽장식에서도 이와 비슷한 독특한 조합을 만날 수 있다. 그곳의 신고전주의적인 꽃 모티프들에는 당연히 풍요로운 붉은색과 황금색을 칠해야 했을 것 같은데, 실제로는 칙칙한 회색과 갈색으로 칠을 했다.

행복의 건축

이 장원 저택은 새로운 인간적 이상을 제시한다. 여기에서는 사치가 퇴폐로 전락하지도 않고, 인간의 민주주의적 진실들과 연결이 끊어지는 것을 의미하지도 않는다. 여기에서는 소박이 고상이나 세련과 종합될 수 있다.

이런 섬세하게 균형을 잡은 건물들이 우리에게 감동을 준다면, 그것은 이런 건물들을 보면서 우리 성격의 갈등하는 측면들 사이에서 우리가 판결을 내릴 수 있고, 우리 자신의 곤혹스러운 대립물에서 뭔가 아름다운 것을 만들어낼 수 있다는 희망을 품을 수 있기 때문이다.

우아

1

여름날 아침 취리히에서 남쪽 알프스로 가는 기차를 타고 출발한 여행객은 처음에는 굽이치는 초원을 보게 된다. 소들이 반짝거리는 녹색 풀을 뜯어먹다가 이따금씩 슬픈, 나아가 지혜로워 보이기까지 하는 갈색 눈으로 지나가는 열차를 쳐다보곤 한다. 적어도 한 시간 동안은 자연이 그 가장 자비로운 모습을 보여준다. 그러나 작은 도시 쿠어를 넘어서자마자 목가적인 풍경은 엄혹한 풍경에 자리를 내준다. 풍요로운 풀은 잡석과 바위가 흩어진 땅으로 바뀐다. 가파른 화강암 벽이 기차 옆으로 솟아오르는가 하면, 어느새 깎아지른 협곡이 나타난다. 독수리 울음과 나뭇가지 부러지는 소리 외에는 아무런 소리도 들리지 않는다. 믿어지지 않을 정도로 가파른 산비탈에도 소나무들은 부지런한 경계병들처럼 좁게 튀어나온 공간에 달라붙어 있다. 열차 안은 모든 것이 저지대를 지날 때와 마찬가지이다. 호수 그림은 문 옆의 벽에 단정하게 걸려 있고, 탁자에는 사과주스 병이 아무도 마시지 않은 채로 그대로 놓여 있다. 그러나 밖을 보면 목성의 달보다 더 척박한 풍경을 만나게 된다.

골짜기는 너무 가팔라 그 아교질의 비탈은 햇볕 한번 받지 못했을 것만 같다. 그 벽을 따라 수십 미터를 곤두박질치다 보면 돌과 가시나무들 사이로 사납게 굽이치는 갈색의 강물을 만나게 된다. 기차가 산비탈을 돌며 휘어지면 기차가 가는 방향을 따라 전망이 펼쳐진다. 순간 열차 몇 량 앞쪽 선두에 선 붉은 포도주 빛깔의 기관차가 골짜기 한쪽 면에서 다른 한쪽 면으로 건너가겠다는 예기치 않은 결정을 내렸다는 사실이 드러난다. 기관차는 잠깐 쉬면서 누구한테 물어보지도 않고 그대로 그 결정을 실행에 옮긴다. 열차는 허공을 건너 작은 구름을 통과한다. 아주 일상적인 일을 처리하듯이 활달하면서도 격조를 잃지 않은 모습이라, 누군가 기도나 예배로 놀란 가슴을 달래려고 했다면 괜한 호들갑으로 눈총을 받았을 것 같다. 기관차가 이런 초자연적인 위업을 달성할 수 있었던 것은 이런 환경에서 만나리라고는 예상치 못했던 다리 덕분이다. 아주 육중하면서도 또 아주 섬세한 콘크리트 다리이다. 어떤 오점이나 불순물로도 더럽힐 수가 없다. 그런 것이 있었다면 신이 공중에서 툭툭 털어버렸을 것이다. 이 버려진 땅에서 인간이 연장을 사용했으리라고는 상상할 수가 없기 때문이다. 다리는 주위에 있는 면도날처럼 날카로운 돌들에도, 강의 어린아이 같은 분위기와 추하게 얼굴을 잔뜩 찌푸린 바위 절벽에도 무심한 듯하다. 그냥 불편부당한 재판관처럼 협곡의 양면을 화해시키는 데에 만족할 뿐이다. 자신의 업적에 관해서는 겸손하고 조금도 과장을 하지 않는다. 공연히 우리의 관심을 끌거나 고맙다는 인사를 받을까봐 쑥스러워할 뿐이다.

그러나 이 다리는 아름다움이 힘을 존경하는 마음, 더위, 추위, 중력, 바람 등 생명을 파괴하는 압박을 견뎌내는 인공의 물체를 존중하는 마음과 밀접한 관련을 맺고 있음을 증언한다. 우리는 최악의 우박에 맞서는 두툼한 슬레이트 지붕에서, 맹공을 퍼붓는

　　　　　　　　　　　　　　　　행복의 건축

바나드 러벌, 찰스 허즈번드, 러벌 망원경, 조드럴 뱅크, 체셔, 1957년.

파도를 떨쳐버리는 바다의 방파제에서, 또 볼트, 대갈못, 케이블, 들보, 버팀벽에서 아름다움을 본다. 우리는 우리의 부족한 부분을 보완해주는, 산을 넘지 못하거나 도시 사이에 케이블을 운반하지 못하는 우리의 한계를 보완해주는 구조물들─성당, 마천루, 격납고, 터널, 철탑─에 감동을 받는다. 우리가 걸어갈 수 없는 거리를 실어다주는 창조물, 감당할 수 없는 폭풍우가 휘몰아칠 때 우리를 보호해주는 창조물, 우리 귀로는 절대 들을 수 없는 신호를 포착하는 창조물, 떨어지면 바로 죽을 절벽에 미려하게 걸려 있는 창조물에 감정적인 반응을 보인다.

2

여기에서 우리가 건축물에서 얻는 아름다운 인상은 그것이 감당하는 압박의 강도와 비례할지도 모른다는 생각을 하게 된다. 예를 들면 불어난 강물을 건너는 다리가 감정에 미치는 영향력은 교각이 그 둘레에서 위협적으로 불어나는 물과 만나면서 계속 버티는 지점에 집중되어 있다. 우리는 우리의 발을 그 격류에 담그는 생각을 하며 몸을 떨고, 다리의 강화 콘크리트가 자신을 지배하려는 물살을 밀어내는 자신만만한 모습을 존경한다. 마찬가지로 등대의 묵직한 돌벽도 숨을 막아 쓰러뜨리려는 악랄한 질풍 속에서도 인내심을 가지고 버티는 착한 거인처럼 보인다. 전류가 흐르는 폭풍을 지나가는 비행기 속에서는 브리스틀이나 툴루즈의 조용한 사무실에 앉아 백조 깃털을 단 듯이 우아하고 유연하게 태풍을 통과해 나아가는 진한 회색 알루미늄 날개를 설계한 항공 엔지니어들에게 사랑에 가까운 감정을 느낀다. 뺨을 가져다댄 비행기 창을 통해서 밤의 어둠과 추위를 느끼면서, 어린 시절 새벽에 잠옷 차림으로 담요를 쓰고 웅크린 채 부모가 모는 차의 뒷자리에 실려 집으로 가던 때처럼 편안하고 안전한 기분을 느낀다. 우리보다 강한 것에는 아름다움이 있다.

3

그럼에도 아름다움은 보통 몇 가지 특질이 함께 조화를 이룬 결과이기 때문에 다리나 집이 매력을 발산하려면 힘만으로는 부족하다. 로베르 마야르의 살기나트베르 다리와 이점바드 브루넬의 클리프턴 현수교는 힘을 갖춘 구조물이다. 또 둘 다 위태로운 절벽을 가로질러 우리를 안전하게 이동시켜주기 때문에 존경심을 자아낸다. 그러나 이 둘 가운데 마야르의 다리가 더 아름답다. 대단히 유연하게, 힘 하나 안 드는 것처럼 자기 의무를 이행하기 때문이다. 부르넬의 구조물은 그 육중한 돌 구조물과 무거운 강철 사슬 때문에, 두 지점 사이로 뛰어내리기 전에 바지를 걷어올리고

행복의 건축

왼쪽 로베르 마야르, 살기나트베르 다리, 시에르스, 1930년.
오른쪽 이점바드 브루넬, 클리프턴 현수교, 브리스틀, 1864년.

사람들의 관심을 끌려고 소란을 피우는 땅딸막한 중년 남자 같
은 느낌을 준다. 반면 마야르의 다리는 아무런 허식 없이 뛰어내
린 뒤에 관객에게 점잖게 고개를 숙이고 무대를 떠나는 유연한 운
동선수를 닮았다. 두 다리 모두 대담한 업적을 이루었지만, 마야
르의 다리에는 자신의 성취를 수월하게 이룬 것처럼 보이게 하는
미덕이 덧붙여졌다. 사실은 수월하지 않다는 것을 알기 때문에 그
것에 놀라게 되고 더욱더 감탄하게 된다. 이 다리는 우아라고 부
를 만한, 아름다움의 하위 범주를 부여받았다. 우아란 건축물이
힘만 쓰는 것이 아니라 세련되고 경제적인 모습으로 저항의 행동
을 할 때─지탱하거나, 가로지르거나, 보호할 때─드러나는 특
질이다. 자신이 넘어선 난관을 강조하지 않는 겸손함을 보여줄 때
드러난다는 것이다.

4
이런 기준을 적용하면 탁자 윗면만 달랑 받치고 있는 묵직한 강철

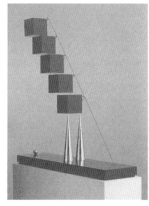

왼쪽 마이클 홉킨스, 브래컨 하우스, 런던 1991년.
오른쪽 산티아고 칼라트라바, 「달리는 토르소」 1985년.

들보를 우아하다고 할 수 없고, 옆면의 두께가 4센티미터인 찻잔을 우아하다고 할 수 없다. 브래컨 하우스에 마이클 홉킨스가 달아놓은 차양은 불쾌감을 주기 쉽다. 상대적으로 가벼운 유리 몇 장을 지탱하는 데에 부피가 큰 버팀대를 여러 개 달아 요란을 떨기 때문이다. 이 차양이 하는 어렵지 않은 일과 차양의 힘겨운 대응 사이에는 불균형이 있으며, 이것이 우아의 원리를 침해한다. 산티아고 칼라트라바가 중력의 압력에 도전하는 조각을 만들면서도 경제성과 은근한 지성으로 경외감을 심어주는 것과는 정반대이다.

문학에서도 우리는 많지 않은 단어를 빈틈없이 배치하여 큰 생각을 실어나르는 산문에 감탄한다. "우리 모두 타인들의 불행은 감당할 힘이 있다"는 라 로슈푸코의 경구가 주는 에너지와 정확성은 마야르의 다리에 비길 만하다. 이 프랑스 작가가 그보다 열등한 정신이라면 몇 페이지로 표현해야 할 것을 단 한 줄로 줄였듯이, 이 스위스 엔지니어는 다리의 지지대 숫자를 줄였다. 우리는

행복의 건축

천재가 단순해 보이게 만든 복잡함에서 기쁨을 느낀다.

5

따라서 건축 작품이 우아하다는 느낌을 주려면 그냥 단순해 보이기만 해서는 안 된다. 그것이 보여주는 단순성이 여간해서는 얻기 힘든 것이었다고 느낄 수 있어야 한다. 기술과 자연 양면에서 까다로운 곤경을 헤치고 흘러나온 것임을 느낄 수 있어야 한다는 것이다. 그래서 우리는 플레전트 힐의 셰이커 하우스의 층계를 우아하다고 말한다. 직접 만들어본 것은 아니지만 층계라는 것은 척 봐도 복잡한 것이며, 발판, 층뒤판, 난간의 조합이 셰이커의 작품처럼 차분하고 명료한 수준에 접근하는 경우는 드물기 때문이다. 우리가 어느 스위스의 주택을 보고 우아하다고 느끼는 것은 그 창문들이 콘크리트 벽과 물 흐르듯이 연결되어 있고, 흔히 눈에 띄는 어수선함이 해소되었기 때문이다. 우리는 매우 복잡해졌을 수도 있는 것이 아주 단순하게 표현되었을 때 감탄을 한다. 거기에 엄청난 노력이 들어갔음을 직관적으로 느끼기 때문이다.

6

천장을 받치는 기둥을 어떻게 놓느냐에 따라서 우아함과 그 반대의 길이 결정적으로 갈리곤 한다. 우리 같은 문외한들도 어떤 구조물을 안전하게 받치는 데에 필요한 굵기 정도는 짐작을 할 수 있으며, 자신이 지탱해야 할 무게를 감당할 자신이 없는 것처럼

왼쪽 층계, 셰이커 하우스, 플레전트 힐, 켄터키, 1841년.
오른쪽 실비아 그뮈르와 리비오 바키니, 바인바일 암 제의 집, 1999년.

우리는 우리의 짐을 어떻게 감당하는가 :
왼쪽 포스터 앤드 파트너즈, 역 지하, 캐너리 워프, 1999년.
오른쪽 코마레스 궁, 알람브라, 그라나다, 1370년.

보이는 기둥은 한눈에 알아볼 수 있다. 어떤 기둥은 널찍한 어깨를 가졌음에도 겨우 한 층을 지게 하는 것조차 싫다고 불평을 해대는 반면, 다른 기둥은 전혀 긴장하지 않은 표정으로 성당처럼 높은 천장도 받치고 있다. 마치 아마포로 만든 덮개를 높이 들고 있는 것처럼, 좁은 목 위에 육중한 무게를 올려놓고 가뿐하게 균형을 잡고 있는 것이다. 우리는 아래로 짓누르는 압력에 맞서면서도 가뿐해 보이는 모습, 심지어 미려해 보이는 모습을 환영한다. 기둥은 우리 자신이 우리의 짐을 감당하는 방식을 비유로 보여주는 것 같다.

창문 또한 건축적인 우아를 표현할 수 있는 기회가 된다. 여기서 결정적인 요소는 유리와 그것을 지탱하는 틀의 관계이다. 자그마한 유리창이 묵직하고 뻔뻔스러워 보일 정도로 넓적한 틀에 들어가 있으면, 아주 작은 이야기를 하는 데에 너무 많은 단어를 사

틀과 유리의 마법적 비율, 그리고 발과 몸의 비율:
왼쪽 말버러 빌딩스, 배스, 18세기.
오른쪽 에드가 드가, 「별」, 1879년.

용했을 때처럼 불편한 느낌을 받을 수도 있다. 그와 대조적으로
배스의 조지 왕조 시대에 지은 집들은 창문이 정면에 둥둥 떠 있
는 듯하여 이 세상 것이 아닌 듯한 느낌으로 우리를 매혹한다. 그
이후의 건축가들은 오히려 잘 모르는 경우가 많았지만, 이 도시
의 18세기 건축가들은 살며시 지탱되는 유리에서 느껴지는 강렬
한 아름다움을 알아보고, 가장 가느다란 창틀로 최대한 큰 유리
를 둘러싸 고정시키는 방법을 개발하려고 경쟁을 벌였다. 기술의
한계까지 밀어붙인 결과 그들은 창틀을 38밀리미터(퀸 광장의 초
기 주택들)에서 29밀리미터로 줄였으며, 결국 그 두께는 불과 16밀
리미터에 이르게 되었다. 그 덕분에 이 유리창들은 불과 다섯 개의

발가락을 축으로 공기의 요정 같은 몸을 매끄럽게 돌리는 드가의 발레리나 같은 힘과 우아함을 보여준다.

7

우아가 부분적으로는 주어진 건축적 도전에 대한 승리 — 강을 건너거나, 천장을 지탱하거나, 유리를 제자리에 고정하거나 — 에서 나오는 것이라고 규정할 때, 이 도전의 명단에 태만이라는 추상적인 것을 덧붙여도 좋을 듯싶다. 우리는 부주의나 무관심이라는 부담을 훌훌 털어버린 듯한 건물을 높이 평가한다.

　관찰력이 예민한 방문자라면 파리의 앙리 라브루스트의 생트-제네비에브 도서관의 튼튼한 아치들 안에서 주철로 만든 일련의 작은 꽃들을 발견할 것이다. 이 꽃들을 보고 우리가 우아하다고 느끼는 것은 그것을 만드는 데에 특별히 공을 들였다는 사실을 인정하는 것이다. 바쁘고 종종 무관심한 세상에서 이 꽃들은 인내와 관용, 어떤 다정함, 나아가서는 사랑의 표시이다. 숨은 동기가 없는 친절의 표시이다. 건축가는 그 꽃들이 우리의 눈을 즐겁게 하고 우리의 이성을 매혹시킬 수도 있다고 믿었기 때문에 만들었을 뿐, 그 외에는 아무런 이유가 없다. 이 꽃들은 또 예의의 표시, 힘든 과제를 의무적으로 이행하는 태도 이상으로 나아가고 싶은 충동의 표시이기도 하다. 나아가 희생의 표시이기도 하다. 직선의 버팀대로 이 철의 아치를 지탱하는 것이 훨씬 더 쉬운 일이었을 것이기 때문이다. 그 밑은 일터 같은 분위기이다. 바깥 거리는 늘 바쁘고 잔인하다. 그러나 천장에는, 비록 한정된 영역이

앙리 라브루스트, 생트-제네비에브 도서관, 1850년.

기는 하지만 꽃들이 소용돌이친다. 꽃들이 일련의 아치들 주위를 천천히 나아가면서 웃음을 터뜨리는 것 같기도 하다.

　인간은 사물을 부수는 일에 놀랄 만큼 많은 시간을 소비하는 종이다. 그래도 가끔 아무런 실용적인 이유 없이 건물에 이무깃돌이나 꽃줄, 별이나 화환을 덧붙이며 감동을 받기도 한다. 이런 장식 가운데 가장 훌륭한 것에서는 물질로 기록된 선의, 어떤 응결된 자비를 읽을 수도 있다. 우리는 그것을 보며 인간 본성에는 우리가 단순히 생존하는 것을 넘어서서 번영을 누릴 수 있게 해주는 측면들이 존재한다는 것을 확인한다. 이런 우아한 손길을 보면 우리가 실용적이거나 사리를 분별하기만 하면서 사는 것은 아니라는 사실을 깨닫게 된다. 우리는 이익이나 권력과 아무런 관계가 없어도 가끔은 돌에 수도사를 조각하고 벽에 천사를 새기기도 한다. 이런 세부장식을 조롱하지 않으려면 실용주의와 적극성이라는 면에는 상당한 자신이 있어, 그 반대가 되는 연약하고 놀기 좋아하는 성향도 인정할 수 있는 문화가 필요하다. 다시 말해서 허약함이나 퇴폐를 위협으로 생각하지 않기 때문에, 인간의 부드러운 면을 찬양하는 태도를 얼마든지 받아들일 수 있는 문화가 필요한 것이다.

행복의 건축

왼쪽 윌리엄 킨먼(로버트 애덤의 디자인), 철세공 난간의 세부장식, 세인트 제임스 광장 20번지, 런던, 1774년.
오른쪽 수도사, 웰스 성당, 서머싯, 1326년.

일치

1

상점들을 오가는 길에 몇 년 동안 어떤 집 한 채를 지나쳤다. 이 집은 내가 본 가장 추한 건물로 꼽을 만함에도 불구하고 건축에 관하여 수많은 걸작보다도 많은 것을 나에게 가르쳐주었다.

이 집은 런던 북부의 가로수가 늘어선 대로 한쪽 끝에 자리잡고 있었다. 이 집은 심각한 정체성 위기를 겪었다는 증거 때문에 나의 눈길을 끌었다. 각 날개와 각 층을 다른 건축가들이 설계한 듯했다. 그것도 선배들의 작업에 관해서는 무지한 건축가들인 것 같았다. 그래서 그 집단적 결과는 대조적인 양식들을 불편하게 맞붙인 것이었다. 집의 어떤 면들은 튜더 양식의 오두막을 흉내냈다. 다른 면들은 고딕 쪽으로 다가가려고 했다. 미술공예운동의 어휘들과 앤 왕조 양식의 어휘들이 서로 충돌했다. 심지어 맨 위층마저 망사르드 지붕으로 갈지 아니면 일반적인 수직면을 가진 층으로 갈지 결정을 내리지 못하여 왜곡되고 말았다.

2

몇 년 뒤에 나는 서쪽으로 이사했다. 그곳에서 셰퍼즈 부시 그린에 있는 주거용 고층 건물(4동 가운데 1동)을 보았을 때도 그런 비슷한 느낌에 사로잡혔다. 이 20층짜리 건물은 1970년대 초 건

정체성 위기의 표시: 왼쪽 런던, NW3
영국 해변 방갈로의 건축가들이 마천루 규모의 건물에 손을 댔을 때:
오른쪽 시드니 케이, 고층 주택 블록, 셰퍼즈 부시, 1971년.

축가 시드니 케이가 설계한 것으로, 수도의 이쪽 지역에서는 매우
우뚝하고 당당해 보인다. 멀리 햄스테드에서도 보일 정도이다. 그
러나 그 키에도 불구하고 이 건물은 완강하고 땅딸막해 보인다.
그 지붕은 무미건조하게 납작한 평면으로 끝나며, 그 밑으로는
수평의 축을 강조하는 묵직한 흰 띠들이 둘러져 있다. 한편 창문
들은 그들의 전망에도 또 상향 전진에도 아무런 도움을 주지 않
고, 1층부터 꼭대기까지 똑같은 모양과 크기를 유지하고 있다. 마
치 전후 해변 방갈로의 미학이 마천루의 규모에 적용된 듯하며,
그 결과 이 건물은 햄스테드까지 자기 모습을 드러내고 싶은 것
인지, 아니면 이 지역에 더 흔한 어둡고 낮은 벽돌 건물들 사이에
서 겸손하게 웅크리고 있고 싶은 것인지 결정을 내리지 못해 어정
쩡한 느낌을 준다. 그 불확실한 태도에 짜증이 나서 제대로 겸손
하게 굴든가 아니면 키와 덩치를 최대한 이용해보라고 요구하고

건축의 미덕

243

싶은 마음이 들었다. 어느 쪽으로든 결정만 하면, 무대에 오르고 싶어하지만 일단 올라가면 찌무룩한 표정으로 말없이 관객을 노려보기만 하는 사춘기 아이처럼 온유와 자기주장 사이에서 망설이는 모습을 떨쳐버릴 수 있을 것 같았기 때문이다.

　나는 몇 년이 지나고 나서야 이 고층 건물에서 느끼던 불만을 이해하게 되었다. 건축 비평의 역사에서 매우 흥미로운 편에 속하는 제목—「예술적으로 고려한 높은 사무실」(1896)—이 달린 루이스 설리번의 에세이 덕분이었다. 설리번은 마천루 건설의 여명기에 이 글을 쓰면서 독자들에게 새로운 높은 건물들 가운데 다수가 양식적으로 모순된 상황에 빠질 위험에 있다고 경고했다. 문제는 이 건물들이 20층 내지 30층까지 육중하게 치솟아 올라가면서도 그 장식적 모티프들은 수평 축만 강조한다는 것이었다. 그것은 2층짜리 팔라디오의 빌라에나 어울리는 방식이었다. 이런 조합 때문에 고층 건물들은 자신의 목적을 두고 볼품없이 갈등을 일으키는 것처럼 보였다. 위와 옆으로 동시에 늘어나려는 것 같았다. 설리번은 건축가들에게 마천루 설계를 할 때 한 가지 일관된 원칙을 지키라고 권했다. "높은 건물의 주된 특징은 그것이 **높다**는 것이다. 그것은 매 센티미터마다 당당하게 솟구치는 것이 되어야 하며, 환희에 차서 위로 올라가야 한다. 그렇게 해서 아래에서 위까지 단 하나의 어긋나는 선도 없는 하나의 단위가 되어야 한다." 몇 년이 지나지 않아 그의 제안은 뉴욕과 시카고의 위대한 마천루들에서 더할 나위 없는 모습으로 실현된다. 그 아름다움은 높이

"매 센티미터마다 당당하게 솟구치는 것."
캐스 길버트, 울워스 빌딩, 뉴욕, 1913년.

　　　　　　　　　　　　　　행복의 건축

에 관해서만 목소리를 합하여 이야기하겠다는, 바로 그런 결정의 결과로 보인다. 점점 가늘어지는 1층의 입구에서부터 라디오 탑 꼭대기에서 교외를 향해서 반짝이는 루비처럼 붉은 불빛에 이르기까지 이 거대한 사무용 건물들은 설리번이 바라던 그대로였다. 당당하게 솟구치고, 환희에 차 있고, 논란의 여지없이 일치를 이루고 있었다.

3

건축은 말을 할 때 절대 하나의 목소리로만 하지 않는다. 건축은 독창자라기보다는 합창단이다. 건축은 다중적인 본성을 가지고 있으며, 여기에서 불화와 불협화음만이 아니라 아름다운 협화음이 울릴 기회도 생긴다.

어떤 건축은 자신의 미학적 임무를 인식하며, 자신의 여러 요소들이 힘을 합쳐 전체에 논리적 기여를 하도록 설득한 것처럼 보인다. 그러나 어떤 건물은 자신의 의도를 놓고 갈등을 일으켜, 그 특징들이 불평을 하면서 서로 반대되는 방향으로 몸을 들썩인다. 크기를 놓고 합의를 보지 못할 수도 있고, 창, 지붕, 문이 우선권을 놓고 충돌할 수도 있다. 또는 그 형태가 행복의 본질을 놓고 해결될 기미 없는 말다툼을 벌일 수도 있다.

따라서 오토 바그너가 설계한 빈의 한 빌라의 주랑 현관에서 조각상은 동양에 관해서 이야기를 하며, 그 주위의 기둥들은 고대 그리스에 관해서 이야기를 하고, 철세공은 소박한 오스트리아 레이스에 관해서 이야기를 한다. 이것은 팔라디오의 빌라 콘타리

왼쪽 오토 바그너, 빌라, 휘텔베르크슈트라세 26번지, 빈, 1886년.
오른쪽 안드레아 팔라디오, 빌라 콘타리니, 파도바, 1546년.

니에서는 어디에서도 찾아볼 수 없는 혼돈의 느낌을 자아낸다. 그
곳에서는 아치 길이 기둥들과 화해하며, 회반죽이 돌세공의 거친
면을 부각시키며, 조각상은 전체적인 내핍을 상쇄한다.

　건축에서는 어떤 것도 그 자체로는 추하지 않다고 말할 수 있
다. 단지 엉뚱한 곳에 있거나 크기가 엉뚱할 뿐이다. 반면 아름다
움은 부분들 사이의 일치된 관계의 산물이다.

4
건축적인 불일치는 개별 건물 설계에 한정되지 않는다. 건물과 그
맥락, 지리적이고 연대적인 맥락 사이의 관계에서 나타날 수도 있

고, 그 결과 역시 똑같이 괴로울 수 있다.

어느 해 여름, 일상으로부터 벗어나고 싶은 간절한 마음에 나는 유럽 호텔에 투숙했다. 암스테르담의 부자 동네에서 종종 눈에 띄는 신르네상스 양식으로 꾸며진 거대한 붉은 벽돌 건물이었다. 방값은 싸지 않았다. 스탠더드 더블이 4만2,000엔이었다(아침식사는 별도여서, 밥, 된장국, 채소로 이루어진 아주 간단한 식단에 2,300엔을 내야 했다). 헤이그에 있는 하우스 텐보스 왕궁에서 걸어서 불과 5분 거리였다. 반대 방향으로는 위트레흐트의 12세기 니엔로데 성에서 걸어서 10분 거리였다. 어디를 가나 치즈 가게였다. 프리슬란트 말馬도 있고, 옛날 풍차도 다섯 개나 있었다. 또 튤립 30만 송이가 핀 들판이 건물과 잇닿아 있었으며, 튤립 꽃밭이 끝나면 빽빽한 일본 삼나무가 덮여 있는 산으로 올라가는 가파른 오르막이 시작되었다.

그러나 이 가운데 어느 것도 유럽 호텔에 도착한 직후부터 나를 점차 강하게 짓누르기 시작한 독특하고 무거운 분위기를 덜어주지 못했다. 나의 언짢은 기분은 겉으로 보이는 것과는 달리 내가 네덜란드가 아니라 일본에 와 있다는 사실과 어떤 관계가 있었다. 나는 나가사키에서 기차로 40분 걸리는 152에이커 면적의 하우스 텐보스 네덜란드 마을이라는 이름의 테마파크에 와 있었다. 이 초현실적인 놀이터는 20세기 이전의 네덜란드의 모습을 놀라울 정도로 충실하게 재창조해놓았다. 거리와 광장, 운하망, 헤이그의 왕궁까지 모조리 갖추었다. 수작업의 명인인 일본인들은 이곳을 건설하면서 고증에 관심을 가지고 빈틈을 보이지 않으려고 했다. 그들은 원래의 건축 설계도를 살펴보고, 세계 반대편에서 나무와

위 하우스 텐보스 네덜란드 마을, 나가사키, 1992년.
아래 유럽 호텔, 하우스 텐보스, 1992년.

벽돌을 수입했다. 그러나 그런 역사적 정확성 때문에 이곳은 오히려 더 괴상하고 두려운 곳이 되고 말았다.

일본 시골에서 네덜란드의 한구석에 있는 자신을 발견하고 불편함을 느낄 때, 우리는 건축에 또다른 요구를 하게 되는 것인지도 모른다. 건축은 자신의 각 부분과 조화를 이룰 뿐만 아니라, 그 배경과도 조화를 유지해야 한다는 것이다. 그 자신이 있는 장소와 시대의 중요한 가치와 특징에 관해서 우리에게 이야기를 해주어야 한다는 것이다. 건축이 자신의 문화적 맥락을 반영하는 것은 기후적인 조건에 대응하는 것만큼이나 중요한 임무라고 할 수 있다. 그것을 무시하는 건축물은 열대에서 열리지 않거나 산속에서 닫히지 않는 창문이 달린 건물처럼 곤혹스러움을 안겨주기 마련이다.

5

건축이 그 배경을 부정할 때 곤혹스럽듯이, 그와 반대되는 경향의 증거가 발견될 때는 유쾌하다. 건축물들이 그 지역의 건축적 특질을 뚜렷하게 보여줄 때가 그렇다. 그것이 새로운 나라에 발을 디딜 때 눈에 띄곤 하는 사소한 특색이어도 좋다.

일본에 도착하고 나서 몇 시간 뒤에 도쿄의 한 호텔 침대에 누워, 오지 않는 잠을 청하다가 처음으로 내 방의 전등 스위치와 플러그가 특이하다는 것을 알게 되었다. 이 설비들을 중심으로 내가 미지의 나라에 왔다는 느낌이 응결되면서 마음이 들뜨기 시작했다. 건물에서 이런 설비는 사람들의 구두와 같은 역할을 한다.

행복의 건축

마린 캐처, 신주쿠, 도쿄.

예기치 않게 그 성격을 보여주는 강력한 지표인 것이다. 나는 그 설비들 속에서 나의 여행의 동기가 되었던 민족적 특수성의 전조를 발견했다. 그것은 이 지역만이 안겨줄 수 있는 행복을 약속한다. 그렇다고 순진하게 민속적이고 이국적인 느낌을 갈망한다는 뜻은 아니다. 나라들 사이에 존재하는 진정한 차이가 건축적 수준에서 적절하게 표현될 수도 있다는 사실을 확인하고 싶은 바람에서 나온 것이다. 나는 내가 저기가 아니라 여기에 있다는 것, 과거가 아니라 지금 살아 있다는 것을 알려줄 수 있는 전등 스위치, 그 연장선상에서 건물 전체를 원했다.

자정에 호텔 주위를 걸으면서 나는 논란의 여지없이 일본의 정체성을 보여주는 표지들을 더 많이 발견했다. 식당에 가서는 전자 장치로 작동되는 화장실의 복잡한 띠 장식을 보고 놀랐다. 지하철 역 근처에서는 생수병뿐만 아니라 흔한 스낵처럼 마른 갯가재 발을 파는 자동판매기에 놀랐다. 다채로운 색깔의 소화전을 가

춘 건물도 있었다. 슈퍼마켓에서는 해초 위에 투명한 해파리가 둥
둥 떠 있는 어항도 있었다. 아케이드에는 운전을 하고, 스키를 타
는 게임들 사이에서, 모터로 움직이는 집게를 이용하여 지쳐서 정
신없는 게를 잡아 저녁상에 얹어놓으라고 유혹하는 오락기도 있
었다.

나는 시차로 인한 피로 때문에 침대로 돌아와 잠을 자면서, 네
온사인, 이끼가 덮인 정원, 초특급 열차, 기모노, 갑각류 등의 이
미지들이 파편이 되어 번쩍거리는 꿈을 꾸었다.

6

안타깝게도 다음 날 아침 도쿄는 지방색을 찾고 싶어하는 나의
욕망을 전날만큼 충족시켜주고 싶지 않은 것 같았다. 실용적인
분위기가 도시를 지배하고 있었다. 2,000만 명이 일터로 가고 있
었다. 상업지구의 거리들은 자동차와 짙은 색 양복을 입은 통근
자들로 빽빽했다. 이곳이 도쿄인지 다른 곳인지 분간이 되지 않았
다. 광고판에 불이 켜지지 않은 상태여서 건물들은 의도적으로 평
범한 모습을 내보이는 것 같았다. 지루한 마천루들 덩어리가 스
카이라인을 지배했다. 그 단조로운 형식들은 내가 그들에게 이르
기 위해서 지나온 12시간의 구름과 눈을 말없이 조롱했다. 건축적
관심에서 보면 차라리 프랑크푸르트나 디트로이트에 있는 것이
나았다.

심지어 주거지역으로 더 들어가도 건축은 인종적 뿌리나 지역색
을 거의 드러내지 않았다. 어디를 가나 광대한 신개발지구였다. 집

왼쪽 마천루들, 시오도메, 도쿄.
오른쪽 가마가야 시, 지바 현, 1993년.

마다 재료나 형태가 평범하기 짝이 없어, 선진 세계 어디에 가져다
놓아도 그냥 흡수될 것 같았다. 일본 건축에서 일본적인 것은 아
주 귀했다.

초기 모더니스트들이라면 이런 사태에 불평하지 않았을 것이다.
지역적 양식이 그들의 직업에서 완전히 사라지는 이성의 시대를 고
대했기 때문이다. 그들 스스로 산업과 제품 디자인에서 그런 일을
했다. 사실 지역적인 특색을 간직한 근대의 다리나 우산 같은 것
은 없지 않은가. 아돌프 로스는 오스트리아적인 건축을 요구하는
것은 오스트리아적인 자전거나 전화기를 요구하는 것만큼이나
터무니없는 일이라고 말했다. 이 진실이 보편적이라면, 어떻게 건
축의 지역적 변형태를 요구할 것인가? 도쿄는 건물만으로는 자신
이 어느 나라를 헤매고 있는지 전혀 알 수 없는 장소를 만들고자
하는 모더니즘의 꿈의 축도인 것 같았다.

건축의 미덕

7

그럼에도 불구하고 미학적인 구원을 기대할 만한 곳이 몇 군데 있었다. 한 친구는 세부적인 면까지에도 에도 시대(1615-1868)의 건축과 디자인에 충실한 구식 료칸, 즉 여관에서 하룻밤을 보내보라고 권했다.

도쿄에서 기차를 타고 한 시간을 가자 그 료칸이 나왔다. 언덕들 사이를 채운 안개에 덮여 있었다. 전통적인 가와라네 야네(기와지붕)를 덮은 긴 목조건물로, 소나무와 이끼 정원으로 둘러싸여 있었다. 기모노와 다비(발가락이 갈라진 버선) 차림의 안내원이 나를 방으로 안내했다. 방에는 후스마(미닫이 문)와 쇼지(장지문)가 줄지어 있었고, 종이 위에는 붓글씨가 적혀 있었다. 강과 숲이 덮인 비탈이 보였다. 해가 지기 전에 옆의 자연 샘에 가서 온센(온천)을 즐기고, 정원의 정자에서 차가운 보리차를 마셨다. 저녁은 청결한 상자 몇 개에 담겨 나왔다. 나는 요세-나베(잡탕 찌개)와 고우노모노(채소 절임)를 맛본 뒤, 산비탈의 닳고 닳아 평평해진 화산암 위를 흘러가는 물소리를 들으며 잠이 들었다.

그러나 아침이 되자 도쿄로 돌아가야 한다는 생각에 슬픔이 찾아왔다. 나는 수심에 잠긴 채 마른 해초 한 그릇을 먹고, 역사적 일본의 미학적 완벽함과 현대 일본의 품위 없는 지루함 사이의 분열을 곰곰이 생각해보았다.

무미건조한 주택단지와 아파트 건물들 때문에 망쳐진 풍경을 뚫고 빠른 속도로 다시 달려가면서 나는 심지어 료칸의 세계를 예외로 보기도 했다. 그것이 현대의 현실을 향해서 자신을 번역하고 거기에 적응하지 못한 것, 오랜 매력을 새로운 용어로 전달할

성장한 나를 받아들이지 못하는 건축 :
파운드버리, 도체스터, 1994년.

방법을 찾지 못한 것에 짜증이 났던 것이다.

내가 료칸에서 느낀 좌절감은 영국 도체스터 외곽에 전통적으로 꾸며놓은 파운드버리 마을을 찾았을 때에 느낀 것과 비슷했다. 이 마을이 18세기의 시골 생활의 정신을 포착하는 데에 제한적으로 성공을 거두었다고는 하지만, 이곳은 궁극적으로 현대 사회의 심리적이고 실용적인 요구와 관련을 끊으려고 안달이었다. 어렸을 때는 아주 가까웠지만, 어른이 되어 그 사이에 환경이 나쁜 쪽으로든 좋은 쪽으로든 바꾸어놓은 모습을 서로 이해하지 못하는 오랜 친척과 비슷했다.

8

일본에 머무는 동안 일본인들이 새로운 건물을 그 나라의 과거와 연결시키고 싶어한다는 증거를 가끔 발견하기도 했다. 그러나 대부분의 경우 그런 시도는 미지근하거나, 지나치게 감상적이거나, 심지어 명백하게 초조한 기색을 드러냈다.

교토의 혼잡한 구역의 재미없는 사무용 건물 꼭대기, 냉방장치와 안테나 사이에 아주 작은 전통적 사당이 보였다. 현대 건축으로 충족시킬 수 없는 어떤 내적인 요구에 답하려고 허공에서 뚝 떨어진 느낌이었다. 이곳에서는 과거와 현재가 통합을 향해서 움직이지 않았다. 서로의 힘을 빨아들이기 위해서 할 수 있는 일이 전혀 없다는 사실을 확신한 듯한 표정으로 그냥 공존에 만족할 뿐이었다.

다른 곳에서는 아파트 입구 바깥에 가지를 친 작은 삼목들을 심어두기도 하고, 발코니에 이끼 정원을 본뜬 화분을 매달아두기도 했다. 샤워 커튼에서 붓글씨를 보기도 했고, 주방 문에서 장지문을 보기도 했다. 플라스틱 개조물도 상관없다고 생각하는 관광객들에게 "진짜 옛날 방"을 제공하는 식당에서 식사를 하기도 했다. 보험회사나 우체국 지붕이 가끔 도쿠가와 양식에 경의를 표하듯이 가장자리가 살짝 위로 올라가며 곡선을 그리기도 했다.

그러나 그런 시도들이 키치를 넘어서지 못한다는 것은 문화의 전통적 특징들을 구현할 현대적인 형식을 찾아내는 일이 어렵다는 사실을 보여준다. 장지문을 단다고 해서 어떤 집의 정신까지 일본식이 되는 것은 아니다. 반대로 콘크리트와 동록銅綠을 사용

시조도리, 교토.

했다고 해서 일본 정신이 깃들 수 없는 것도 아니다. 도쿠가와 주택의 진정한 상속자들은 겉으로는 그 주인을 닮지 않은 경우가 많다. 비율과 관계라는 더 섬세한 면에서 닮았다. 『겐지 이야기源氏物語』의 가장 훌륭한 번역이 개별 단어에 광범한 자유를 허용하는 경우가 많은 것과 마찬가지이다. 꼼꼼하게 단어만 그대로 옮겨놓는다고 해서 원래의 의도에 충실한 것은 아니기 때문이다.

9

런던에서 가장 유명한 고전주의적 광장 한 곳을 새로 개발하는 현장에서 나는 번역의 어려움 몇 가지에 처음으로 주목하게 되었다. 맨체스터 광장의 북서면에 우뚝 선 사무용 건물을 설계한 사람들은 창문을 어떻게 처리하느냐에 따라서 기존 건물들의 전면

건축의 미덕

왼쪽 GMW 아키텍츠, 북서면, 맨체스터 광장, 런던, 2001년.
오른쪽 남동면, 맨체스터 광장, 18세기 말.

과 조화를 이룰 수도 있고 이루지 못할 수도 있다는 사실을 정확하게 파악했으며, 그래서 새 건물에 하얀 사각형 창틀을 설치했다.

그러나 안타깝게도 이 건축가들은 고전주의적 창틀이 주목을 받는 것은 색깔이나 형태 때문이 아니라 그 늘씬함, 그리고 이와 연결된 우아함 때문임을 인식하지 못했다. 또한 그들은 강철 I자빔으로 이루어진 독특하고 육중한 틀을 사용하여 그런 특질들을 제거했다. 건축가들은 과거를 존중하고 싶다는 진지한 소망에도 불구하고, 과거를 존중할 만한 가치가 있는 진짜 이유는 놀랍게도 간과하고 말았다. 차라리 완전히 다른 창문, 케임브리지의 퀸스 빌딩 전면의 창문에서 영감을 얻었다면 더 나았을 것이다. 이 창틀은 흰색이 아니라 은색을 띤 검은색이고, 수직이 아니라 수평이지만, 고전주의를 더 존중하는 것처럼 보이는 런던의 그 건물보다도 고전주의적 건축의 진정한 특질을 풍부하게 드러낸다. 진정한 경의가 겉으로도 경의처럼 보이는 드문 경우인 것이다.

행복의 건축

현대의 모습으로 나타난 고전주의:
마이클 홉킨스, 퀸스 빌딩, 이매뉴얼 칼리지, 케임브리지, 1995년.

10

현대 일본 건축의 성공적인 모범은 어떻게 생겼을까? 나는 그 모습이 궁금했다. 키치를 피하면서도 장소나 시간과 제대로 조화를 이룬 건축은 없을까?

다른 나라들의 예이기는 하지만, 한 나라 전체의 차원에서 이런 질문을 할 경우 가끔 신비하기 짝이 없는 답을 듣게 된다. 마치 나라의 경계선이 객관적이고 인식 가능한 민족성을 구분하는 경계가 되고, 한 나라의 건축은 그 민족성을 읽어내 수동적으로 반영하는 것 같았다. J. W. 괴테는 「독일 건축에 관하여」(1772)에서 독일은 그 "본질"에서 기독교도의 나라이며, 따라서 새로운 독일 건물에 어울리는 유일한 양식은 고딕이라고 선언했다. 괴테는 한 성당을 보자마자 이렇게 썼다. "독일인은 '저것이 독일 건축이다, 우리의 건축이다' 하고 크게 외칠 수 있는 것을 두고 신에게 감사해야 한다."

건축의 미덕

그러나 현실적으로는 어느 나라도 하나의 양식만 소유하지는 않으며, 전통을 따르려고 어느 한 가지 양식만 고수하지도 않는다. 한 나라의 건축적 정체성은 그 나라 전체의 정체성과 마찬가지로 그 나라의 명령을 받는다기보다는 창조되는 것이다. 역사, 문화, 날씨, 지리는 건축이 반응할 수 있는 광범한 주제들(그 범위는 하우스 텐보스의 건축자들이 바랐던 것만큼 넓지도 않고, 괴테가 주장했던 것만큼 좁지도 않을 것이다)을 제시한다. 결국 어떤 양식이 특정한 장소와 뗄 수 없는 관계가 있다는 느낌이 든다면, 그것은 단지 우리가 건축가들의 눈을 통해서 환경을 보게 되었기 때문에 그런 것이다. 건축가는 자신의 성취가 필연적인 것으로 보이게 하는 데에 성공한 셈이다.

따라서 문제가 되는 것은 민족적 양식이 무엇인가가 아니라 무엇을 민족적 양식으로 삼을 것인가이다. 그 지역의 정신 가운데 어느 측면을 부각시킬 것인지 선택하는 것은 건축가들의 특권이다. 예를 들면 대부분의 사회가 다양한 폭력과 혼돈을 경험하지만, 건축들이 시대정신의 그런 특징들을 반영해주기를 바라는 경우는 드물다. 반대로 건축가들이 우리의 지배적인 도덕이나 목표 가운데 어느 것도 암시하지 않는 설계를 내놓기 위해서 현실을 완전히 배제한다면 우리는 불편함을 느낄 것이다. 우리는 개인의 경우와 마찬가지로 건축된 환경에서도 기만을 좋아하지 않는다.

따라서 제대로 맥락을 잡은 건물이라면 그 시대와 장소의 가장 바람직한 가치와 가장 높은 야망 가운데 일부를 체현한다고 규정할 수 있다. 실행에 옮길 수 있는 이상을 담은 저장소 역할을 하는 건물인 셈이다.

그런 건물의 속성은 똑같은 맥락에서 존경을 할 만한 모범적인 인물의 속성에 비유할 수 있다. 오스카 니마이어는 자신의 건축 작업이 그 시대의 가장 계몽된 브라질 사람들의 전망과 태도를 공유하기를 바란다는 말을 한 적이 있다. 이 건축은 그들의 나라의 식민지 과거에 짓눌리지 않고 그 짐과 특권에 감사해야 하며, 현대 과학기술에 공감해야 하며, 그러면서도 건전한 장난기와 관능성을 유지해야 한다. 그리고 무엇보다도 그 건축이 브라질의 "하얀 해변, 거대한 산—아름답게 그을린 여자들"과 친근하다는 것을 보여주어야 한다고 니마이어는 말했다.

그와 비슷한 초상, 이번에는 이상적인 스리랑카인의 초상이 콜롬보의 외곽에 있는 제프리 바와의 의회 섬에 활기를 불어넣는다. 이곳의 건물들은 지역적인 관심과 국제적인 관심, 역사적인 관심과 현대적인 관심의 종합을 보여준다. 지붕은 식민지 이전 시대에 지은 칸디의 절과 왕궁의 이중 물매를 생각나게 하며, 내부는 신할리즈족, 불교, 서양의 특징들을 성공적으로 결합했다. 바와의 건물들은 이 나라의 입법부의 본거지가 될 뿐만 아니라, 현대의 스리랑카 국민이 어떤 모습이어야 하는지를 매혹적으로 보여준다.

11
사실 도쿄를 비롯한 여러 곳에 일본 건축의 위대한 전통적 작품들의 내적인 갈망에 민감하게 공감하는 가정용 건물들이 많이 있었다.

일본 건축의 미덕은 언뜻 보면 과거와 전혀 관련이 없는 것처럼

"하얀 해변, 거대한 산 — 아름답게 그을린 여자들"에 공감하는 브라질의 이상 :
오스카 니마이어, 쿠비체크 하우스, 팜풀라, 미나스제라이스, 1943년.

보이는 집들에서 다시 만날 수 있었다. 자세히 보아야만 현대의
재료 안에 옛날 집과 거의 똑같은 감수성이 스며 있다는 것을 깨
달을 수 있었다.

　도쿄의 어느 뒷골목에서 그런 집 한 채가 세상에 텅 빈 콘크리
트 얼굴을 드러내고 있었다. 강철로 만든 앞문으로 들어가자 좁
은 통로가 나왔다. 통로는 회반죽을 바른 2층짜리 아트리움으로
통했다. 빛이 천장의 성에가 덮인 창문을 통해서 들어와 흩어지며
아트리움을 밝혔다. 이곳은 가정집이지만, 흔히 마치 종교적 건물
처럼 공허감과 순결성이 드러났다. 세상으로부터 한걸음 물러날
것을 권유하는 이 집은 선禪불교의 믿음, 즉 현실을 버리는 것이
아니라 그 중심적인 내적 진실의 어떤 면에 더 가까이 가기 위해서

　　　　　　　　　　　　　　　　　　　　행복의 건축

"나와 같은 집":
제프리 바와, 의회 섬, 콜롬보, 1982년.

는 일상생활에서 피난처를 만들어야 한다는 믿음을 존중하는 듯
했다.

　이 집에는 밖을 내다볼 수 있는 창문이 없었다. 이곳에 사는 사
람들이 정말로 관찰해야 하는 것은 밖이 아니라 자신의 내부임을
일깨워주려는 것 같았다. 위로부터 훑어내려오는 빛에서는 종이를
바른 장지문을 뚫고 스며나오는 빛처럼 부드럽고 간접적인 가치
가 느껴졌다. 이 건축가들은 그들보다 못한 수많은 건축가들과
는 달리 이런 조명 효과가 결코 종이나 나무에 의존하는 것이 아
니며, 분사기로 표면을 거칠게 만든 유리창을 통해서도 똑같은,
아니, 더 지속적인 효과를 얻을 수 있다는 사실을 깨달은 것이다.
이 유리들 덕분에 이 집은 마치 세상 바깥에 온 듯한 느낌, 구체성

이 사라진 듯한 느낌을 주었다. 안에 있으면서도 그림자와 안개의 영역에 가까이 다가간 느낌이었다. 비가 오면 빗방울이 튀는 소리가 머리 위에서 들리지만, 유리는 비를 뿌리는 구름을 전혀 드러내지 않았다. 이것은 마음이 현상에서 떠나 본질로 향하도록 설계한 건축이었다.

두 번째 집은 양쪽의 두 날개가 열린 아트리움으로 연결되어 있었다. 그래서 겨울이면 활동 공간과 취침 공간 사이를 오가기 위해서 한데를 걸어가야 했다. 서양에서 종종 나오는 불평, 즉 일본 집에는 묘하게도 빙하 같은 측면이 있다는 불평을 확인해주는 것이기는 하지만, 그럼에도 이렇게 단열 효과를 무시한 설계는 결코 우연이 아니다. 그것은 선禪에 기원을 둔 욕구, 즉 이곳에 사는 사람들에게 그들이 자연과 연결되어 있고 또 그것에 의존하고 있으며, 살아 있는 모든 것은 통일되어 있음을 일깨워주려는 욕구에서 나온 것이다. 한겨울에 부엌까지 걸어가다 보면 더 넓고 더 힘센 우주 속에서 인간의 자리에 대해서 짧지만 얼얼한 교훈을 얻게 될 것이다. 그러나 이 넓은 자연세계는 매우 추상적인 방식으로 환기된다. 성숙한 표본들을 심어놓은 잔디밭의 풍경이 아니라, 공기의 온도, 얇게 깔린 이끼, 세심하게 배치한 화산암 세 개가 그런 역할을 하는 것이다.

내가 만난 일본의 이런 위대한 현대 주택들은 그 가구가 단출한 경우가 많았다. 공허와 내핍을 지향하는 일본 미학의 오랜 인력이 작용했기 때문일 것이다. 중세의 조신 가모노 초메이는 『방장기方丈記』에서 불필요한 소유에서 벗어나 자신의 영혼의 이야기에 귀를 기울이는 사람들에게 약속된 해방을 묘사했다. 그 결과

　　　　　　　　　　　행복의 건축

소박한 목조 오두막이 일본인의 상상에서 특권적 자리를 차지했다. 모모야마(1573-1614)와 에도 시대의 위대한 영주들은 몇 달에 한 번씩 저택과 성을 떠나 오두막에서 시간을 보냈다. 영적인 깨달음은 꾸밈없는 삶을 통해서만 얻을 수 있다는 선의 통찰을 따른 것이다.

이런 위대한 현대적인 거주지들 가운데 다른 예들 역시 일본인이 전통적으로 좋아했던 물질적 불완전성을 충실히 따르고 있었다. 도쿄에서 자동차로 몇 시간 거리에 있는 어느 주말 별장의 묵직한 바깥벽은 녹이 슬어가는 거친 쇠로 이루어졌으며, 이끼와 물때문에 얼룩덜룩하기까지 했다. 그러나 이런 얼룩을 닦으려고 하지도 않았고, 배수관을 이용해서 이 재료를 보호하려고 하지도 않았다. 오히려 자연이 인간의 작품을 공격하는 것을 보며 즐거워하는 것 같았다. 이보다 오래된 찻집의 건축가들은 거의 같은 이유로 나무에 광택제를 바르지 않고, 이로 인해서 생긴 오래된 느낌과 세월의 흔적을 귀중하게 여겼다. 그들은 이것을 만물무상의 지혜로운 상징으로 보았다. 다니자키 준이치로는 『그늘에 대하여』(1933)에서 자신과 동포들이 왜 흠을 그렇게 아름답게 여기는지 설명하려고 했다. "우리는 빛나고 반짝거리는 것들에서는 사실 편안함을 느끼기 힘들다. 서양인들은 은과 철과 니켈 식기를 사용하고, 그것들이 반짝거릴 정도로 광택을 낸다. 하지만 우리는 그런 관행에 반대한다. 우리도 가끔 찻주전자, 병, 술잔을 은으로 만들기도 하지만, 광택을 내지는 않는다. 오히려 광택이 사라질 때부터, 어둡고 뿌연 녹이 슬기 시작할 때부터 비로소 그것을 애용하기 시작한다." 불교의 글들은 나무나 돌의 불완전한 면을 참지

테즈카 아키텍츠, 주바코 하우스, 세타가야구, 도쿄, 2004년.

못하는 태도를 존재에 내재하는 실망스러운 본성을 받아들이지 못하는 태도와 연결시켰다. 그러나 우리 자신의 실망스러운 면이나 쇠퇴와는 달리 건축 재료에서 드러나는 그런 결함은 매우 우아해 보인다. 나무와 돌, 그리고 현대의 콘크리트와 나무는 천천히 위엄 있게 나이를 먹어가기 때문이다. 그들은 유리처럼 히스테리를 부리며 부서지지도 않고, 종이처럼 찢어지지도 않는다. 다만 우울하게, 고귀하게 변색될 뿐이다. 이 주말 별장의 녹이 슬고 얼룩이 진 벽은 쇠퇴와 도덕성에 관한 생각을 담을 수 있는 매우 예술적인 그릇이 되었다.

12

전통적인 건축 양식의 성공적인 현대적 재해석은 우리를 미학적 수준에서만 감동시키는 것이 아니다. 우리 역시 여러 시대와 나라를 종합할 수 있다는 것, 현대적이고 보편적인 것에 의지하면서도 우리 자신의 선례와 지역을 고수할 수 있다는 것을 보여준다.

현대의 위대한 집들은 자신의 젊음을 행복하게 고백하고 현대 재료가 발전함으로써 얻은 혜택도 부담 없이 받아들인다. 그러나 그들은 동시에 선조의 매혹적인 주제에도 반응하며, 그렇게 해서 잔인할 정도로 빠른 변화의 시대에서 받은 상처도 치유할 수 있다. 그들은 역사를 사랑한다고 고백하면서도 생색을 내려고 하지는 않는다. 우리는 여기에서 우리의 과거와 지역의 귀중한 것들을 가지고 세계화된 불안한 미래로 들어가는 방법을 배울 수 있다.

스위스 산에서 만난 옛것과 새것의 조화:
페터 춤토르, 구갈룬 하우스, 페르잠, 1994년.

13

일본에서 돌아오고 나서 몇 달 뒤에 나는 네덜란드를 통과하는 도로 여행에 나섰다가, 네덜란드 사람들 역시 가끔 일본 사람들과 마찬가지로 혼성 모방을 할 줄 안다는 것을 깨달았다. 이곳에도 현재 어떻게 충만한 삶을 살 수 있는지 전혀 실마리를 보여주지 않는 집들이 많았다. 물론 나가사키에 있는 형제들에 비해서 자신의 장소와 훨씬 더 조화를 이루는 모습을 보여주었지만, 시대와 조화를 이루지 못한다는 점에서는 다를 바가 없었다.

암스테르담에서 서쪽으로 빠져 하를렘과 해안으로 가다가 베이프하위전이라고 부르는 새로운 주택지구와 우연히 만났다. 이 마을은 하우스 텐보스 네덜란드 마을이 저질렀던 모든 잘못을 바로잡았다. 이 집들은 자신과 어울리는 나라에서 자랐을 뿐만 아니라, 그들이 지어진 세기에도 아름답게 적응했기 때문이다.

멀리서 보면 이 마을은 전통적으로 보인다. 지붕은 물매를 그리고, 집들은 전형적인 교외의 격자 위에 띄엄띄엄 놓여 있다. 가까이 가보아야만 특별히 현대적인 손길을 느끼게 된다. 건물의 옆모습은 날카롭게 날이 서 있다. 자신의 원시적인 형태에 아이러니나 자의식을 느끼는 것 같다. 지붕에 기와를 덮는 대신에 물결무늬가 있는 강철을 입혀놓았다. 벽은 벽돌이 아니라 강철판에 그와 똑같이 홈을 판 나무를 조합해서 만들었다. 이런 식으로 전통적인 형태와 근대적인 재료를 조합한 덕분에 과거와 현재 사이에 서로 존중하며 대화가 펼쳐지는 것을 느낄 수 있다.

이 집들은 현대 네덜란드의 현실에 적응하는 방법을 알면서도 자신의 혈통을 의식하며 조용히 입을 다물고 있다. 그래서 이 집

행복의 건축

장소나 시간과 조화를 이룬 상태:
S333 아키텍츠, 신주택단지, 베이프하위전, 2004년.

들은 노스탤지어나 건망증에 굴복하지 않았던 원형적인 네덜란드 가정을 재창조한 것처럼 보인다.

자기인식

1

나는 파리 제2구의 한 작은 호텔에서 여름을 보낸 적이 있다. 싸늘하고 진지해 보이는 오래된 국립도서관에서 돌을 던지면 닿을 만한 거리였다. 나는 매일 도서관에 들러 내가 쓰고 싶은 책의 자료 조사를 하려고 했으나 잘 되지 않았다(결국 책도 쓰지 못했다). 그래도 동네는 활기찼다. 일이 지루해지면— 지루하지 않을 때가 거의 없었지만—호텔 바로 옆의 카페에 앉아 있곤 했다. 여행 안내책자에서 자주 본 듯한 느낌을 주는 "셰 안투안"이라는 이름의 카페였다. 안투안은 죽었지만 그의 처남 베르트랑이 카페를 물려받아 아주 쾌활하면서도 카리스마가 넘치는 태도로 카페를 운영했다. 모두들 하루 중 어느 때인가는 셰 안투안에 한 번 들렀다가 가는 것 같았다. 우아한 여자들은 아침에 카운터에서 커피를 마시며 담배를 피우곤 했다. 경찰관들은 그곳에서 점심을 먹었다. 학생들은 천장이 달린 테라스에서 오후를 보냈다. 저녁이면 학자, 정치가, 매춘부, 이혼녀와 관광객이 뒤섞여, 추파를 던지고, 논쟁을 벌이고, 저녁을 먹고, 담배를 피우고, 핀볼을 했다. 그 덕분에 나는 파리에 혼자 있었으면서도, 며칠 동안 누구하고도 말 한마디 나누지 않았으면서도, 다른 도시, 예를 들면 로스앤젤레스—두 개의 프리웨이 사이에 낀 블록에서 몇 주를 산 적이 있다—에서는 자주 느꼈던 소외감을 전혀 느끼지 못했다. 그해 여

행복의 건축

름, 나보다 앞서 왔거나 나중에 온 많은 사람들과 마찬가지로 나
는 영원히 파리에 살면서, 도서관에 다니고 거리를 어슬렁거리고
세 안투안의 한쪽 구석 탁자에 앉아서 세상을 지켜보며 살 수 있
다면 그보다 더 행복한 일이 없겠다고 상상했다.

2

따라서 몇 년 후에 도시계획에 관한 도판이 가득한 책을 넘기다
가 내가 머물던 바로 그 동네—내가 묵던 호텔, 그 카페, 동네 세
탁소, 신문가게, 심지어 국립도서관까지 다 포함하여—가 20세기
의 가장 똑똑하고 영향력 있는 건축가 가운데 한 사람이 다이너
마이트로 부수려던 구역에 포함된 적이 있다는 사실을 알고 깜짝
놀랐다. 그는 몽마르트의 낮은 언덕들이 있는 곳까지 체계적으로
커다란 공원을 조성하고, 거기에 드문드문 60층짜리 십자형 타워
18동을 박아넣을 생각이었다.

이 계획은 너무나 이상해 보였기 때문에 나의 흥미를 자극했
다. 나는 르 코르뷔지에가 자신의 모형에 몸을 기댄 채 줄지어 선
그 지역의 의원과 사업가들에게 그것을 설명하는 사진을 발견했
다. 그에게서는 꼬리나 뿔을 찾아볼 수 없었다. 똑똑하고 자비로
워 보였다. 어떻게 이런 합리적인 사람이 파리 중심부의 반을 부
술 생각을 할 수 있었는지를 제대로 이해한 뒤에야, 이 계획 뒤에
깔린 갈망과 공감하고 그 논리를 존중한 뒤에야, 한 도시의 미래
에 관한 이 주목할 만한 개념을 조롱하는 것, 또는 정말로 그보
다 우월한 위치에 설 수 있다고 생각하는 것이 가능할 것 같았다.

한 위대한 도시의 미래:
르 코르뷔지에, 파리를 위한 "부아쟁" 계획, 1922년.

3

르 코르뷔지에는 도시가 유례없는 위기를 맞은 순간에 파리 계획을 입안했다. 발전하는 세계 전역에서 도시들의 크기가 폭발적으로 팽창하고 있었다. 1800년에 프랑스 수도에는 64만7,000명이 살았다. 1910년에는 300만 명이 비좁게 바글거리며 살았다. 프랑스 농민 계급의 많은 수가 몇 년 사이에 도시에서 더 큰 기회를 잡기 위해서 낫을 내려놓겠다고 집단적으로 결정을 해버렸다. 그 바람에 환경과 사회에는 재앙이 시작되었다.

아파트 건물의 처마 밑에서 몇 가족이 방 하나를 함께 쓰는 것도 다반사였다. 1900년에 파리의 가난한 주거 지구에서는 보통 거주자 70명이 화장실 하나를 함께 사용했다. 찬물이 나오는 수도도 그들에게는 사치였다. 거주지 한가운데 자리잡은 공장과 작업장은 매연과 치명적인 폐수를 방출했다. 마당에서는 아이들이 더러운 하수를 뒤집어쓰고 놀았다. 콜레라와 결핵은 늘 사람들을 위협했다. 거리는 밤낮없이 수많은 차량들 때문에 숨이 막혔다. 저녁 신문은 팔다리가 잘려나가는 사고가 일어난 현장의 모습을 쉴 새 없이 보도했다. 오페라 거리에서는 말이 버스와 충돌하여 튕겨나가서 가로등에 몸통을 찔리기도 했다. 20세기 초의 이 도시에서는 그림 같이 아름다운 면은 찾아보기 힘들었다.

4

르 코르뷔지에 역시 이런 상황에 경악했다. "모든 도시가 무정부 상태에 빠져들었다. 세계는 병들어 있다." 위기의 규모로 볼 때 극단적인 조치가 필요했다. 이 건축가는 그 조치의 부작용 때문에 감상에 젖을 기분이 아니었다. 역사적인 파리는 결국 결핵에 걸려 신음하는 파리의 별명에 불과했다.

『내일의 도시와 그 계획Urbanisme』(1925)과 『빛나는 도시La Ville radieuse』(1933)라는 제목의 책에 포함된 그의 성명은 과거와의 극적인 단절을 요구했다. "기존의 중심부는 쓰러져야 한다. 모든 위대한 도시는 자기 자신을 구하기 위해서 그 중심을 재건해야 한다." 인구 과밀의 부담을 덜기 위해서 오래된 저층 건물들은 철근 콘크리트의 발전 덕분에 최근에야 가능해진 새로운 종류의 구조물, 즉 마천루로 대치되어야 했다. "2,700명이 하나의 현관문을 사용하게 된다." 르 코르뷔지에는 탄성을 질렀다. 그는 훨씬 더 높

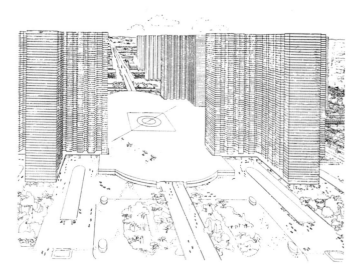

르 코르뷔지에, 『내일의 도시와 그 계획』(1925)에서.

은 고층 건물, 무려 4만 명이 한데 모여 사는 건축물을 상상하기
도 했다. 그는 뉴욕에 처음 가보고는 건축물의 크기에 실망해서
돌아왔다. "당신네 마천루들은 너무 작다." 그는 그런 말로 「헤럴
드 트리뷴」의 기자를 놀라게 했다.

　건축물을 위로 올려서 지음으로써 두 가지 문제를 한꺼번에 해
결할 수 있었다. 인구 과잉과 도시의 무분별한 팽창이었다. 타워
에 모든 사람이 들어가서 살 공간이 충분하다면 도시가 바깥으
로 뻗어나가며 시골을 삼킬 필요가 없을 터였다. "우리는 교외를
없애야 한다." 르 코르뷔지에는 그렇게 말했다. 그가 이런 식으로
거부감을 보인 것은 교외 거주자들의 말뚝 울타리를 두른 빌라들
의 미학만큼이나 그들의 편협한 정신적 전망을 증오했기 때문이
다. 새로운 도시에서는 도시가 주는 즐거움을 모두가 누릴 수 있

행복의 건축

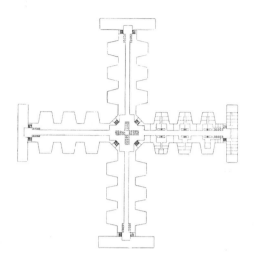

4만 명을 위한 마천루 :
르 코르뷔지에, 『내일의 도시와 그 계획』(1925)에서.

을 터였다. 1헥타르당 1,000명의 인구 밀도에도 불구하고 모두가 편안한 집에서 살 수 있을 터였다. 르 코르뷔지에는 심지어 수위도 자기 서재를 가질 수 있다고 덧붙였다.

도시 면적의 50퍼센트까지 공원으로 만들 계획이었으므로 녹지도 풍부할 터였다. 이 건축가는 "운동장이 바로 문밖에 있어야 한다"고 말했다. 나아가 이 새로운 도시는 단지 공원을 가지는 것이 아니라, 그 자체가 거대한 공원이 될 터였다. 커다란 타워는 나무들 사이에 점점이 박혀 있게 되는 셈이었다. 아파트 단지 지붕에서는 테니스를 치고, 인공 해변에서는 일광욕을 즐길 수 있을 터였다.

동시에 르 코르뷔지에는 도시의 거리를 없앨 계획이었다. "우리의 거리는 이제 제대로 기능하지 못한다. 거리란 낡은 개념이다. 거리 같은 것은 없애야 한다. 그것을 대신할 뭔가 다른 것을 창

This crossroad repre
sents a fresh develop
ment in the history o
mankind: death on tap
or at least a permanen
threat of it.

Everything here is paradox and disorder: individual liberty
destroying collective liberty. Lack of discipline.

르 코르뷔지에, 『빛나는 도시』(1933)에서.

조해야 한다." 그는 눈을 부릅뜨고 16세기 중반, "바퀴가 달린 차
량이라고는 단 두 가지, 여왕의 마차와 디안 공주의 마차밖에 없
던" 시절에 나온 파리의 거리 설계를 가리켰다. 그는 차와 사람 모
두의 정당한 요구가 늘 불필요하게 타협을 본다는 사실에 분개
하면서, 이 둘을 나눌 것을 권했다. 새로운 도시에서 사람들은 숲
을 통해서 구불구불 이어지는 보도를 온전히 확보할 터였다("어느
보행자도 자동차를 절대, 절대 만나지 않게 될 것이다!"). 대신 자동차는
육중한 전용도로와 부드럽게 곡선을 그리는 입체교차로까지 가
지게 되어, 운전자가 보행자 때문에 속도를 늦추는 일은 없을 터
였다.

르 코르뷔지에에게 비논리적인 도시의 축도縮圖는 파리보다도
뉴욕이었다. 뉴욕은 중세의 정착지에나 어울릴 법한 빽빽한 도시
계획 위에 미래의 건축인 마천루들을 우겨넣었기 때문이다. 그는

행복의 건축

미국 일주 여행을 하면서 맨해튼을 철거하고, 신선하고 "데카르트적인" 방식으로 도시계획을 다시 세워야 한다고 말해서 그를 초대한 사람들을 점점 곤혹스럽게 만들었다.

자동차와 사람들을 나누는 것은 새로운 도시에서의 생활을 철저하게 재조직하겠다는 르 코르뷔지에의 계획의 한 요소일 뿐이었다. 이제 그는 모든 얽힌 기능들을 풀 생각이었다. 예를 들면 주거지역 한가운데 떡 하니 자리한 공장도 없을 것이었다. 따라서 아이들이 잠이 드는 시간에 인근 공장에서 쇠를 불리는 일도 없을 터였다.

새로운 도시에서는 녹색 공간, 깨끗한 공기, 거대한 숙박시설, 꽃밭이 어우러질 터였다. 그것도 소수가 아니라 『빛나는 도시』의 한 사진 설명이 약속하듯이 "우리 모두를 위해서!!!" 말이다.

5

얄궂게도 르 코르뷔지에의 꿈 덕분에 태어난 것이 현재 역사적 파리를 둘러싸고 있는 디스토피아적인 주택단지들이다. 관광객들은 파리 도심으로 들어가는 길에 그 황무지 같은 단지들을 보고 혼란과 공포에 싸인 표정으로 믿을 수 없다는 듯이 눈길을 돌린다. 전철을 타고 가장 폭력적이고 타락한 단지로 가보면 르 코르뷔지에가 건축에서, 나아가 인간 본성에서 잊고 있었던 것이 무엇인지 깨닫게 된다.

예를 들면 르 코르뷔지에는 2,699명의 이웃들 가운데 불과 몇 명이 파티를 열거나 총을 사기로 결정했을 때, 상황이 얼마나 까다로워질지 잊었다. 잿빛 하늘 아래에 철근콘크리트가 얼마나 칙칙해 보일지 잊었다. 누군가 엘리베이터에서 불을 냈을 때, 집이 44층인 사람이 얼마나 답답할지 잊었다. 그는 또 우리가 여러 가지 이유로 슬럼가를 싫어하지만, 거리계획은 그 이유가 되지 못한다는 점도 잊었다. 우리는 우리 둘레에서 연속적인 선을 이루는 건축들에 감사한다. 밖으로 나와도 방 안에 있는 것처럼 아늑한 느낌을 주기 때문이다. 건물이 아예 없는 것도 아니고 그렇다고 **빽빽하게** 들어찬 것도 아닌 풍경, 가장자리나 선을 무시하고 고층 건물들이 흩어져 있는 풍경을 보고 있으면 왠지 기운이 빠진다. 그것은 자연과 도시화 각각의 진정한 즐거움을 모두 부정하는 풍경이다. 이런 환경은 불편하기 때문에 사람들은 늘 그것을 학대할 위험, 타워들 사이의 들쭉날쭉한 땅으로 나와 타이어에 오줌을 누고, 차를 태우고, 마약을 맞을 위험, 다시 말해서 풍경으로부터 아무런 이의 제기도 받지 않고 자신의 본성이 가지고 있는 가장 어두운 면을 모두 드러낼 위험도 훨씬 더 커진다.

르 코르뷔지에는 자동차와 보행자를 구분하고 싶은 성급한 마음에 언뜻 보기에는 대조적인 이 두 세력 사이에 묘한 상호의존 관계가 있다는 사실을 지나쳤다. 자동차의 속도를 늦춰줄 보행자가 없으면 차는 너무 빨리 달리게 되어 운전자를 죽이기 쉬우며, 차의 눈이 자신을 비추지 않으면 보행자들은 왠지 약해지고 고립된 듯한 느낌을 받는다는 점을 잊은 것이다. 우리는 차량과 군중이 까다롭지만 보람 있는 동맹을 맺을 수밖에 없었다는 그 사실 때문에 뉴욕에 감탄한다.

각기 다른 시설들(주택, 쇼핑센터, 도서관)이 거대한 대지에 드문드

행복의 건축

문 떨어져 있어서 자동차 도로로 서로 연결된다는 것이 언뜻 보기에는 합리적인 도시 배치 같지만, 그 주민들은 우연한 발견의 기쁨을 빼앗기며, 어떤 흔들림 없는 목적의식을 가지고 이 장소에서 저 장소로 행군해야만 할 것 같은 느낌을 받는다. 하지만 우리는 도서관에서 책이나 한 권 찾아볼까 하는 목적으로 집을 나섰다가도 가는 길에 생선가게에서 주인이 얼음 위에 늘어놓은 깜짝 놀라 눈이 튀어나온 물고기를 보기도 하고, 일꾼들이 아파트 건물로 무늬가 있는 소파를 나르는 모습을 보기도 하고, 잎이 봄 햇살에 녹색의 부드러운 손바닥을 펼치는 것을 보기도 하고, 버스 정류장에서 책을 읽는 밤색 머리카락에 안경을 쓴 소녀를 보고 기쁨을 느끼기도 한다.

묵직한 분위기의 주택가에 상점과 사무실이 들어서면서 상당한 활기가 돌기도 한다. 아무리 하찮은 것을 팔더라도 장사를 하는 사람과 마주치면 우리 혼자서는 끌어내기가 쉽지 않은 에너지가 몸 안으로 흘러들기도 한다. 새벽 3시에 잠에서 깨어 혼란에 빠져 고립감에 시달리다가도 길 건너에서 깜빡거리며 맥주나 24시간 피자를 광고하는 상점의 네온사인을 보고 위로를 받기도 한다. 그런 간판은 편집증에 시달리는 이른 새벽 시간 내내 다른 사람이 존재한다는 사실을 일깨우며 묘하게도 우리의 마음을 쓰다듬어 주는 것이다.

이 모든 것을 르 코르뷔지에는 잊은 것이다―건축가들에게는 흔한 일이지만.

6

그렇지만 우리의 요구를 이해하고, 이렇게 이해한 것을 건축 계획이라는 명료한 언어로 바꾸어야 하는 어려움을 고려할 때 르 코르뷔지에가 그것을 잊은 것은 놀랄 일이 아니다. 방에 조명이 적당하고 층계를 찾아다니는 것도 편할 때는 우리의 요구가 건축으로 바뀐 것을 쉽게 알아보고 감사하지만, 실제로 행복에 관한 이런 직관적인 느낌을 그 이유에 대한 논리적 이해로 바꾸는 것은 여간 어려운 일이 아니다. 설계를 한다는 것은 우리가 이미 안다고 믿었던 것을 씻어내고, 끈질기게 우리의 조건반사 뒤에 감추어진 기제를 쪼개보고, 불을 끄거나 수도를 트는 것과 같은 일상적인 행동의 신비와 아연할 정도의 복잡성을 인정하는 것이다.

따라서 수많은 건축들이 이런 자기인식이 얼마나 고된 일인지를 슬픈 목소리로 증언하는 것도 놀랄 일은 아니다. 건축가가 그들 자신의 요구에 대한 무의식적 이해를 남들의 요구를 충족시킬 만한 믿을 만한 지침으로 바꾸어내지 못한 방이나 도시가 많은 것도 놀랄 일이 아닌 것이다.

우리의 행동은 예측이라는 별 것 아닌 시도를 좌절시키는 기묘한 면들로 가득하다. 우리는 방 한가운데 있는 푹신한 팔걸이 의자에 앉는 것을 좋아하지 않는다. 그것보다는 벽에 붙여놓은 단단한 벤치에 앉는 것이 더 편하다는 것을 알기 때문이다. 우리는 조경 전문가가 우리를 위해서 만들어둔 길을 무시하고 우리만의 지름길을 내기도 한다. 아이들이 일부러 만들어놓은 놀이터보다 주차장의 환기통 근처에서 노는 것을 더 재미있어하는 것과 마찬가지이다.

우리의 만족감은 섬세하고 예기치 못한 실로 짜여 있기 때문에 설계는 실패하곤 한다. 의자가 우리를 편안하게 지탱해주는 것만으로는 충분하지 않다. 거기에 추가로 우리 등이 가려져 있다는 느낌도 주어야 한다. 어쩌면 우리는 어느 수준에서는 우리 조상이 느꼈던 육식동물에 대한 공포를 여전히 털어버리지 못한 것인지도 모른다. 현관문에 다가갈 때는 앞에 작은 문지방, 난간, 차양, 한 줄로 늘어선 꽃이나 돌이 있으면 기분이 좋다. 이런 것들 덕분에 공적인 공간으로부터 사적인 공간으로 옮겨간다는 것을 확인할 수 있고, 낯선 집을 드나들 때의 불안감도 달랠 수 있기 때문이다.

설계가 섬세한 면들을 무시했다고 해서 우리가 만성적인 고통에 시달리거나 하는 것은 아니다. 그냥 더 열심히 일을 해서 혼란과 불안의 물결을 극복하려고 할 뿐이다. 누가 우리에게 무슨 일이냐고 물어도, 환경의 유해한 점들을 자세히 설명하지 못할 수도 있다. 수수께끼 같은 말에 의지하여, 소파와 양탄자 사이의 조화가 엉망이라느니, 문에서 불길한 자력이 뿜어져나온다느니, 창문에서 서로 반대되는 에너지들이 흘러나온다느니 하는 이야기를 할지도 모른다. 이런 표현으로 달리 설명하기 힘든 우리의 짜증을 해명해보려는 것이다. 사실 장소에 대한 우리의 느낌 가운데 이성적으로 설명이 되지 않는다고 말할 수 있는 것은 없지만, 뭐라고 설명하기 힘든 불편을 표현하기 위해서 종교에 기대는 것도 이해 못 할 일은 아니다.

그러나 이 모든 것이 결국은 공감의 실패라는 별로 신비할 것 없는 이유 때문이다. 사람의 변덕스러운 마음에 주의를 기울이지 않은 건축가들의 탓인 것이다. 그들은 우리가 누구인지 캐물으며 미로와 같은 현실에 관심을 기울이기보다는 우리가 이러저러하다고 단정하는 단순한 관점의 유혹에 넘어가버렸다.

7

건축가들이 쾌적한 환경을 창조하지 못하는 것은 우리가 우리 생활의 다른 영역에서 행복을 찾지 못하는 현실의 반영이기도 하다. 나쁜 건축이란 결국 설계의 실패인 동시에 심리 파악의 실패이기도 하다. 건축에서는 이런 경향이 물질로 표현되지만, 다른 영역으로 가면 엉뚱한 사람과 결혼을 한다거나, 어울리지 않는 일자리를 고른다거나, 재미없는 휴가 예약을 하는 것으로 나타나기도 한다. 그 경향이란 우리가 누구인지, 무엇에 만족하는지 이해하지 못하는 경향이다.

다른 분야에서도 마찬가지이지만 건축에서도 우리는 우리의 고통을 설명해줄 것을 찾아서 주위를 두리번거리다가 진부한 목표물에 눈길을 고정한다. 우리는 슬프다는 것을 깨달아야 하는 상황에서 화를 낸다. 적당한 위생시설과 가로등을 도입해야 하는 상황에서 오래된 거리를 그냥 부수고 만다. 우리는 만족의 근원을 이해하려고 헛된 노력을 하다가, 슬픔으로부터 그릇된 교훈을 배운다.

이와는 반대로 우리가 아름답다고 부르는 곳들은 겸손과 끈기를 갖춘 보기 드문 건축가들의 작품이다. 그들은 겸손한 마음으로 자신에게 자신의 욕망에 관해서 캐묻는다. 기쁨을 이해하면,

그것이 사라지기 전에 끈기를 가지고 논리적 설계도로 바꾸어놓는다. 이런 겸손과 끈기가 결합되어 그들은 우리 스스로도 의식하지 못했던 요구까지 충족시키는 환경을 창조할 수 있다.

VI. 틀의 미학

1

도시 바깥의 어딘가의 들이다. 들은 수백만 년 동안 얼음 담요 밑에서 잠을 잤다. 그러다가 아래턱이 튀어나온 사람들 무리가 그곳에 정착했고, 불을 피웠고, 커다란 돌판 위에서 이상한 신들에게 이따금 동물을 희생으로 바쳤다. 수천 년이 흘렀다. 쟁기가 발명되었고, 밀과 보리가 뿌려졌다. 수도사들이 들을 소유하는가 싶더니, 이어 왕이, 이어 상인이, 결국에는 농부가 소유했다. 세월이 흐른 뒤에 농부는 들을 다채로운 색깔로 자라나는 미나리아재비, 프랑스국화, 붉은토끼풀에 넘겨주는 대가로 정부로부터 꽤 큰 돈을 받았다.

들은 다사다난한 삶을 살았다. 전쟁 때는 독일의 폭격기가 목표물과는 멀리 떨어져 있는 이 들의 상공을 날기도 했다. 오랜 자동차 여행에 시달린 아이들이 차를 세우고 이 들 가장자리에서 멀미를 달래기도 했다. 저녁이면 사람들이 드러누워 저 위의 빛이 별빛인지 위성 조명인지 묻곤 했다. 조류학자들이 오트밀 색깔의 양말을 신고 돌아다니다가 검은딱새를 발견하기도 했다. 노르웨이의 남녀 두 쌍이 자전거를 타고 영국 제도를 여행하다가 이곳에서 하룻밤 야영을 하며 텐트 안에서 「안네 크눗스도터」와 「멜롬 박카르 오그 베르그」를 부르기도 했다. 여우들이 주위를 둘러보았다. 쥐들이 탐험여행을 했다. 벌레들은 계속 고개를 숙이고 있었다.

그러나 들의 시간은 끝이 났다. 민들레 꽃밭은 곧 24번지의 거실이 될 것이다. 몇 미터 떨어진 곳, 개양귀비들 사이에는 25번지의 차고가 들어설 것이다. 그리고 저기, 동자꽃들 속에는 25번지의 주방이 자리를 잡을 것이며, 그곳에서는 아직 태어나지 않은 사람이 언젠가 부모와 말다툼을 벌일 것이다. 산울타리 위에는 아기의 방이 생길 것이다. 자동차 도로 근처 빌딩 숲의 냉방장치가 돌아가는 어느 방에서 한 여자가 그 설계도를 그리고 있다. 바다 건너 공항에서는 한 남자가 가족을 그리워하며 집 생각을 떠올릴 터인데, 그 집은 지금 웅덩이가 있는 곳에 기초를 쌓을 것이다. 그레이트 코스비 빌리지는 세월과 필연성을 끌어안기 위해서 최선을 다하겠지만, 딱새, 소풍, 「멜롬 박카르 오그 베르그」의 노랫소리가 쩌렁쩌렁 울리는 긴 여름 저녁에 관한 이야기는 이제 사라질 것이다.

2

새로운 집들을 짓는다는 것은 보통 신성 모독과 같은 행위이다. 원래 있던 시골보다 아름답지 못한 동네가 태어나기 때문이다.

그러나 이 방정식이 아무리 씁쓸하다고 해도 우리는 보통 수동적인 태도로 체념하며 이것을 받아들인다. 우리가 그렇게 양보하는 것은 건축이 그 존재만으로도 얻을 수 있는 권위 때문인지도 모른다. 그 덩치와 견고함, 그 유래의 신비함, 그것을 없애는 비용과 어려움, 이런 것들 때문에 건축물들은 험한 절벽이나 산처럼 아무런 도전을 받지 않고 확신에 차 있는 것처럼 보인다.

따라서 우리는 마천루, 고색창연한 느낌으로 새로 건설한 마을, 강변의 저택을 두고 가장 기본적이면서도 가장 노여운 정치적 질문—"누가 이렇게 한 거야?"—을 던지지 않는다. 그러나 건물이 올라가는 과정을 살펴보면 그 불행한 사례들은 결국 신의 손이나, 어떤 움직일 수 없는 경제적 또는 정치적 필연성이나, 구매

자의 확고한 소망이나, 새로운 깊이에 이른 인간의 타락에서 나온 것이 아니라, 저열한 야망, 무지, 탐욕, 우연의 범속한 조합에서 나온 것임을 알게 된다.

500만 평이 넘는 시골 땅을 망치는 개발 지구는 특별히 죄나 악의가 많다고 할 수도 없는 몇몇 사람들이 벌인 일이다. 그 이름은 데릭이나 맬컴일 수도 있고, 위베르나 시게루일 수도 있다. 그들은 골프와 동물을 사랑할 수도 있다. 그럼에도 몇 주일 사이에 300년 이상 유지되어온 풍경을 완전히 망가뜨릴 계획을 실행에 옮길 수도 있다.

문학에서라면 기껏해야 일관성 없는 책이나 따분한 희곡이라는 결과물로 끝나고 말 진부한 생각이 건축에 적용되면 바깥에서도 한눈에 들어오는 상처들을 남기게 된다. 나쁜 건축은 커다랗게 써놓은, 지우기도 어려운 잘못이다. 그러나 그것은 잘못일 뿐이다. 그 출현에 수반되는 엄청난 양의 비계, 콘크리트, 소음, 돈, 고함에도 불구하고, 우리 삶의 다른 영역에서 저지른 잘못보다 더 큰 주목을 받을 이유는 없다. 우리는 부당한 법이나 말도 안 되는 주장과 마찬가지로 이류의 건축 앞에서도 기가 죽지 말아야 한다.

우리는 건축이 우리의 뜻에 따라 지어진다는 사실을 재인식해야 한다. 불도저나 크레인의 방향을 안내하는 미리 결정된 각본은 없다. 잃어버린 수많은 기회를 아쉬워할 수는 있지만, 그렇다고 더 나은 쪽으로 환경을 조성할 가능성이 상존한다는 믿음을 버려야 할 이유는 없다.

3

예를 들면 런던의 여러 곳이 어떤 필연적인 이유가 있어서 지금처럼 추하게 바뀌어야 했던 것은 아니다. 1666년 9월, 대화재로 거의 도시 전체가 잿더미가 되었을 때, 크리스토퍼 렌은 찰스 2세에게 수도를 재건할 설계도를 제출했다. 이 설계도에는 대로와 광장, 탁 트인 전망과 대칭적 도로, 그뿐만 아니라 일관된 도로 체계와 도시에 어울리는 강변 지대도 있었다. 이대로만 되었다면 런던도 파리와 로마의 웅장함을 조금이나마 갖추게 되었을지 모른다. 로스앤젤레스나 멕시코시티를 예고하는 제멋대로 뻗은 산만한 도시가 아니라, 위대한 유럽의 도시들 중 하나가 되었을지도 모른다.

찰스 2세는 아름답고 지혜로운 계획이라고 렌을 칭찬했다. 그러나 렌 혼자서는 일을 진행할 수가 없었다. 렌은 절대적 권력이 없었기 때문에 시의회의 말을 따라야 했다. 시의회는 세수입과 자기들 내부의 재산권 갈등을 조정하는 어려움 때문에 안달을 하던 상인들이 지배했다. 시의회가 임명한 위원들은 렌의 구상을 검토한 뒤에 그의 계획이 너무 복잡하다고 결론을 내렸다. 보수주의와 공포가 우위를 차지했다. 이듬해 2월에 계획은 시체가 되었고, 렌의 대로들은 공상으로 넘어갔으며, 런던 자체도 상인들의 이해관계에 내맡겨졌다. 자신들의 이윤에서 한푼도 포기하고 싶지 않았던 상인들은 기꺼이 수도를 300년 이상 열등한 자들의 손에 맡겼다.

4

나쁜 건축의 우연적 성격은 런던 교외의 옛 지도를 보아도 분명

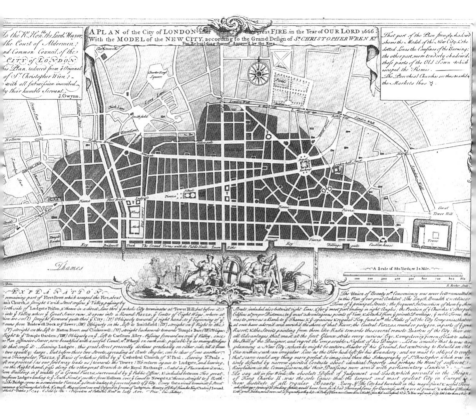

크리스토퍼 렌, 「런던 도시 계획」, 1666년.

과거의 셰퍼즈 부시:
존 로크, 『런던과 주변 시골 10마일 개관』, 1746년.

하게 나타난다. 지금은 몇 킬로미터에 걸쳐 황폐하기만 한 이곳이 한때는 크나큰 과수원과 넓게 펼쳐진 초원이었다. 화이트 시티에는 농장들이 있었고, 윌스든 정크션에는 사과나무들이 있었다. 오늘날 흉물스러운 형체들이 서 있는 셰퍼즈 부시와 할스던의 땅은 원래 순수한 가능성이 넘치던 곳으로, 이 거리에는 배스나 에든버러에 맞먹는 거리들이 건설될 수도 있었다.

이런 말이 허풍으로 들린다면, 그것은 (오랜 세월에 걸쳐 능금을 느릿느릿 맺는 것 외에는) 무슨 중요한 일도 일어날 것 같지 않은 평범한 땅뙈기에도 세상에서 가장 위대한 도시 건축물―또 하나의 로열 크레센트나 샬럿 광장―을 지을 수 있다는 상상을 해본 적이 없기 때문이다. 우리는 일련의 비논리적인 가정들에 빠져서 건축가들에게 더 많은 것을 요구하지 못하는 경향이 있다. 우리는 인간이 만드는 아름다움이 세상의 어느 지역에 존재하도록 미리 정해져 있다고 생각한다. 도시의 걸작들이 우리와는 근본적으로 다른 사람들, 우리보다 위대한 사람들의 작품이라고 생각한다. 우수한 건축물은 보통 그들의 자리를 넘보는 추한 건축물보다 비용이 과도하게 많이 들어간다고 생각한다.

그러나 사실상 존 우드 1세가 손을 대기 전의 배스 언덕이나 제임스 크레이그가 뉴타운 계획을 구상하기 전의 중세 에든버러의 중심부 위쪽 노스로크 습지 근처 들판은 대단할 것이 없었다. 둘 다 풀, 양, 데이지, 나무가 보이는 흔하디흔한 넓은 대지였으며, 에든버러에는 모기떼까지 들끓었다. 또 위대한 건축을 만드는 장소는 없어도 그것을 만드는 사람은 있는 것이라고 말하고 싶은 유혹을 느낄까봐 미리 말해두는데, 우드와 크레이그는 물론 둘 다

상상력이 풍부하고 인내심이 강한 사람들이었지만, 독특한 천재들은 아니었다. 그들이 건설한 주거지역, 공원, 거리는 몇 세대 전부터 잘 알려져 있던 원칙들을 그대로 따랐다. 그러나 이 두 사람은 각각 전설적인 도시를 탄생시킨다는 꿈 때문에 마음에 불이 붙었다. 새로운 아테네나 예루살렘을 건설하겠다는 것이었다. 두 사람은 이런 야망 때문에 녹색 들판을 매혹적인 거리로 바꾸는 과정에서 나타나는 헤아릴 수 없이 많은 현실적 난관을 극복할 자신감을 얻을 수 있었다. 특별한 운명을 믿는 것, 역사의 특별한 순간에 서 있다고 느끼는 것은 잘못된 과대망상일지도 모르지만, 어쨌든 아름다운 건축을 얻는 데에는 불가결한 계기가 될 수도 있으니 이득이 없다고는 말할 수 없을 것 같다.

돈도 핑계가 될 수 없다. 배스의 크레센트와 에든버러의 뉴타운 건설이 싸게 먹힌 것은 아니지만, 빠듯한 예산 때문에 건축이 추해진다고 주장하는 것은 가난을 핑계로 스스로의 영감 부족을 감추는 것과 마찬가지로 부당하다. 사우디아라비아 리야드의 부유한 교외와 이탈리아의 옛 시에나의 상점주인의 주택들을 한번 찾아가보면 금세 또 뼈저리게 그 점을 느낄 수 있을 것이다.

르 코르뷔지에는 필요한 자금을 구할 수 없기 때문에 현대에는 위대한 도시를 건설할 수 없다는 말을 듣는 일에 질렸는지 이렇게 비꼬는 목소리로 물었다. "우리한테 수단이 없나? 루이 14세는 곡괭이와 삽으로 다 했다……. 하우스만의 장비 역시 빈약했다. 삽, 곡괭이, 수레, 흙손, 외바퀴 손수레, 이런 것들이 기계 시대 이전 모든 인류의 소박한 연장이었다." 우리가 가진 크레인, 채굴기, 빨리 마르는 콘크리트, 용접기 등을 보면, 탓할 것은 우리의 무능밖에 없음을 알게 된다.

5

사라질 운명인 들 위에 어떤 집이 세워질 것인지 택지개발 회사에 물어보라. 그러면 영국의 군주 이름을 딴 다섯 가지 주택유형이 등장하는 반들반들한 홍보용 브로슈어를 받게 될 것이다. 엘리자베스 2세는 크롬 문손잡이와 스테인리스스틸 오븐을 자랑한다. 조지 5세는 섬유유리가 빛을 발하는 식당과 신미술공예운동풍의 지붕을 보여준다. 헨리 8세는 당연히 신튜더 왕조풍 일색이다.

이런 우아한 홍보자료를 훑어보고 나서도 우리가 이 건물들의 외관에 의문을 제기하려고 하면, 택지개발업자는 거의 틀림없이 귀에 익은, 또 논박할 수 없는 주장으로 보복을 할 것이다. 이런 집들은 늘 순식간에, 무더기로 팔려나간다는 것이다. 자신들의 설계를 경멸하는 것은 상업적 논리를 무시하고 다른 사람들이 자기 나름의 취향을 가질 민주적 권리를 부인하는 것임을 엄하게 일깨워준다. 결국 우리는 우리 문명에서 권위를 누리는 두 개념, 즉 돈과 자유와 맞서게 된다.

그러나 이런 방어에도 약점이 없는 것은 아니다. 일본으로, 그러니까 하우스 텐보스와 료칸을 향해 가는 비행기에서 그런 약점 가운데 몇 가지가 내 눈에 들어왔다. 나는 창가 좌석에 앉아 잠을 이루지 못하고 있었다. 밖에서는 북극권이 녹색으로 광채를 발하고 있었다. 나는 미국의 일본학자 도널드 킨이 쓴 『일본 문학의 즐거움*The Pleasures of Japanese Literature*』(1988)이라는 제목의 책으로 눈길을 돌렸다.

킨은 일본의 미감美感은 서양과 매우 다르다고 말한다. 대칭보다는 불규칙성, 영원한 것보다는 덧없는 것, 장식적인 것보다는 단순한 것을 좋아하는 마음이 지배해왔다는 것이다. 킨은 그 이유는 기후나 유전자와는 아무런 관계가 없고, 다만 자국의 미감을 적극적으로 형성해온 작가, 화가, 이론가들의 활동 결과일 뿐이라고 덧붙였다.

낭만주의적인 믿음에 따르면 우리는 각자 자연스럽게 아름다움에 관한 적당한 관념을 가지게 된다고 하지만, 우리의 시각적이고 감정적인 기능은 무엇에 주목하고 무엇을 높이 평가해야 하는지 결정하는 데에 도움을 줄 외적인 안내자를 항상 요구하는 것 같다. 우리의 감각을 통해서 받아들인 많은 것들 가운데 어디에 초점을 맞추고 어떻게 가치를 할당할지 판단하는 일에 도움을 주는 힘을 우리는 "교양"이라고 부른다.

중세 일본인은 시인과 선사들 덕분에 서양인이라면 노골적으로 무시하거나 별 관심을 기울이지 않을 만한 세상의 여러 면들을 눈여겨보게 되었다—벚꽃, 일그러진 도기, 갈퀴질을 한 자갈, 이끼, 나뭇잎에 떨어지는 빗방울, 가을 하늘, 기와, 광택제를 바르지 않은 나무. 그 과정에서 한 단어가 등장했다. 와비わび. 서양 언어에서는 딱히 마땅한 번역어를 찾을 수가 없다. 와비는 아름다움을 허세가 없고, 소박하고, 완성되지 않고, 덧없는 것들과 동일시한다. 숲속 오두막에서 빗방울이 떨어지는 소리를 들으며 혼자 저녁 시간을 보내는 일은 와비를 누리는 행위이다. 짝이 맞지 않는 오래된 토기, 평범한 물동이, 흠이 있는 벽, 풍파에 시달리며 이

행복의 건축

이전에 보지 못했던 곳에서 아름다움을 보게 될 가능성:
혼아미 고에츠(1558-1637), 찻잔들.

끼가 낀 거친 돌에는 와비가 있다. 와비가 가장 뚜렷하게 드러나는 색깔은 회색, 흑색, 갈색이다.

일본의 미학에 흠뻑 빠져 그 분위기에 공감하게 되면, 언젠가 도자기 박물관에서 화가 혼아미 고에츠의 전통적인 찻잔들과 만나도 놀라지 않을 것이다. 와비의 매혹을 600년 동안 사유해온 유산이 없는 사람들이 흔히 그러는 것과는 달리, 그것이 곤혹스럽기만 한 형태 없는 얼룩 같은 것이라고 생각하지 않게 될 것이다. 우리가 날 때부터 보지 못한 아름다움이라도 충분히 음미하게 될 것이다. 그리고 그 과정에서 누군가가 현재 아름답다고 생각하는 것이 그가 평생 사랑할 수 있는 모든 것이라는 단순한 생각, 플라스틱 저택들을 공급하는 사람들이 열심히 장려하는 생각을 버리게 될 것이다.

1900년 일본의 소설가 나쓰메 소세키는 영국으로 여행을 와서 자신이 아름답다고 느낀 것에 영국 사람들이 전혀 반응하지 않는 것을 보고 약간 놀랐다. "한번은 눈 구경을 하자고 한 사람을 초대했다가 비웃음을 샀다. 또 한번은 일본인의 감정이 달에 깊은 영향을 받는다고 이야기했는데, 듣는 사람들은 어리둥절한 표정을 지었다……. 나는 스코틀랜드에 초대를 받아 궁궐 같은 집에 머물게 되었다. 어느 날 주인과 함께 정원을 산책하다가 줄지어 선 나무들 사이의 작은 길에 두껍게 이끼가 덮인 것을 보았다. 나는 칭찬을 하면서, 그 길들이 멋지게 나이를 먹은 듯한 느낌을 준다고 말했다. 그러자 주인은 곧 정원사에게 이끼를 모두 긁어내게 할 생각이라고 대답했다."

물론 서양인들 중에서도 이따금 거친 도기 조각에서 아름다움을 발견하거나 이끼가 퍼지는 것을 반긴 사람도 있었다. 그러나 팔라디오의 빌라나 델프트의 도자기를 선호하는 문화에서 그런 관심을 옹호하는 것은 쉽지 않은 일이다. 적당히 묘사할 말도 없는 현상에 찬사를 보내려다가 다른 사람들의 비웃음에 입을 다물어버릴 수도 있다. 다른 사람들이 비웃기 전에 스스로 검열을 할 수도 있다. 스스로 호기심을 지워버렸다는 사실조차 눈치채지 못할 수도 있다. 들어줄 사람이 생기기 전까지는 하고 싶은 말이 있었다는 사실조차 잊을 수 있는 것처럼.

우리는 존경을 얻기를 바라면서 미적인 열광을 꾸며대는 사람들을 조롱한다. 그러나 그 반대의 경향은 더욱 가슴 아프다. 특이해 보이지 않으려고 우리의 진정한 열정을 억누르는 경향 말이다. 예를 들면 수선화를 사랑하는 마음을 감추고 있다가 워즈워스가 그런 마음을 토로한 것을 알고 난 뒤에야 털어놓을 수도 있다. 의식화儀式化된 엄숙한 눈 구경을 좋아하는 마음을 억누르고 있다가 나쓰메 소세키가 그런 관행의 좋은 점을 확인해준 뒤에야 드러낼 수도 있다.

우리는 책, 시, 그림 덕분에 인정할 생각도 하지 못하고 살았던 우리 안의 감정들을 진지하게 받아들이곤 한다. 오스카 와일드는 이런 현상을 휘슬러가 템스 강을 그리기 전에는 런던에 안개가 없었다는 말로 재치 있게 표현했다. 마찬가지로 일본의 승려나 시인들이 글을 쓰기 전에는 오래된 돌이 아름답지 않았을 것이다.

택지개발업자의 조건반사적인 기존 취향에 대한 옹호는 인간이 아직 주목하지 못한 것도 장차 사랑할 수 있다는 사실을 근본적으로 부정하는 것이다. 말로는 자유를 운운하지만, 사실 이런 주장은 제대로 고르려면 그 후보가 어떤 것들인지 알아야 한다는 진실을 배제하고 있다.

다음에 퇴행적인 주택단지를 볼 때는 이끼 정원과 거친 도기 조각의 교훈을 기억해야 한다. 우리의 눈앞에 새로운 스타일이 놓이고 우리의 어휘에 새로운 단어가 들어오기만 하면 얼마나 많은 취향들이 발전해나갈 수 있는지 자유롭게 상상을 해야 한다. 지금까지 무시당했던 다양한 재료와 형식들이 자신의 특질을 드러낼 수 있을 것이며, 현상現狀은 자신이 자연스럽고 영원한 사물의 질서라고 강압적으로 주장하지 못할 것이다.

건축의 진정한 다양성을 제대로 알게 되면 빨간 벽돌로 지은 신튜더 왕조풍 주택을 구입하려던 사람도 원래 바라던 것 너머를 볼 수도 있다. 그들 중 몇 명은 와비의 느낌을 주는 거친 콘크리트 상자형 건물에 관심이 생기는 바람에 스스로 놀랄 수도 있다. 미학 교육 여행을 하면서 그런 미덕에 새로 민감하게 반응하게 되었기 때문이다.

장식 없는 콘크리트의 매력을 인식하는 것:
마르테.마르테 아키텍츠, 집, 포어알베르크, 1999년.

6

취향의 발전을 이루기 위해서는 아주 많은 것이 필요하다고 생각하며 절망하지 않도록, 이전의 미학적 혁명을 이루는 데에 필요한 수단들이 얼마나 보잘것없었는지 생각해보는 것이 좋겠다.

다른 사람들이 따라올 만한 실행 가능한 모범을 제시하는 데는 보통 건물 몇 동과 책 한 권이면 충분했다. 대개 "이탈리아 르네상스"라는 어마어마한 이름으로 알려진 발전은 헤아릴 수 없이 많은 참가자들이 이루어낸 것이라고 상상하지만, 니체는 그것이 실제로는 불과 100명 정도가 해낸 일이라고 말한다. 또 교과서에서 "고전주의의 재탄생"이라고 부르는 혁신 작업은 그보다 적은 수의 옹호자들에게 의존했다. 브루넬레스키의 고아원이라는 단 한 채의 건물과 레오네 바티스타 알베르티의 『건축론De re aedificatoria』(1452)이라는 한 권의 논문만으로도 세계는 새로운 감수성의 세례를 받을 수 있었다. 팔라디오 양식을 영국의 풍경에 박아넣는 데는 콜런 캠블의 『영국의 건축가들Vitruvius Britannicus』(1715) 단 한 권이면 충분했고, 20세기의 환경을 구축한 많은 것들의 출현을 결정하는 데는 르 코르뷔지에의 『건축을 향하여』(1923) 200여 페이지면 충분했다. 일부 건축물들―슈뢰더 하우스, 판스워스 하우스, 캘리포니아 케이스 스터디 하우스 등―은 자신의 규모나 건축 비용과는 비교할 수 없는 엄청난 영향을 주었다.

이 모든 건축적 변화에서 처음으로 운동을 시작한 사람들의 끈기는 그들이 이용할 수 있었던 자원만큼이나 중요했다. 건축의 위대한 혁명가들은 예술적인 면과 실용적인 면을 겸비했다. 그들은 그림을 그리고 생각할 줄도 알았지만, 의뢰인과 정치가들을 달래고, 유혹하고, 괴롭히고, 또 끈기와 조심성을 잃지 않으면서 그들과 오랫동안 게임을 할 줄도 알았다. 절대주의 시절이 끝났기 때문에(르 코르뷔지에 혼자만 아쉬운 마음으로 그것을 목도한 것이 아니었다) 이제 아무도 루이 14세처럼 행동할 수가 없다. 루이 14세였다면 손을 한 번 흔드는 것만으로도 건물을 아이의 장난감 블록처럼 옮길 수 있었을 것이다.

집단적, 민주적인 시대가 찾아오면서 건축가들은 위원회 회의에 참가하는 예술가들로 성장할 수밖에 없었다. 본능적으로 진지한 건축에 반대하는 영국 정부를 설득하여 런던 지하철 노선에 걸작으로 꼽히는 역사驛舍 몇 동을 세운 찰스 홀든(프랭크 픽과 공동 작업을 했다)과 같은 사람들이 등장했다. 르 코르뷔지에는 심술궂게 한마디 했다. "우리는 도시의 운명이 시청에서 결정된다는 사실을 늘 기억해야 한다."

7

건축을 비난하는 고발 가운데 불도저들이 도착했을 때에 느끼는 슬픔보다 더 가혹한 것은 없다. 거의 모든 경우 우리의 애석한 감정은 개발이라는 관념 자체에 대한 증오보다는 그 자리에 건설될 것에 대한 혐오에서 나오기 때문이다.

배스의 크레센트나 에든버러의 뉴타운을 스케치할 일꾼들 무리가 도착하여 가시나무를 헤쳐 길을 내고 땅에 측정용 밧줄을 설치했을 때, 임박한 파괴를 두고 눈물을 흘린 사람은 거의 없었을 것이다. 장차 주거지역의 거리가 될 곳에는 틀림없이 오래된 고상

절대주의의 건축적 혜택 :
루이 14세가 앵발리드의 건설을 명령하는 모습을 그린 판화, 1672년, R. 보나르,
르 코르뷔지에의 『내일의 도시와 그 계획』(1925)에 수록 :
"그는 이렇게 말할 수 있었다. '짐이 그것을 원한다.' 또는 '그것이 짐의 기쁨이다.'"

"작은 섬 하나하나마다 건물이 올라가는 것"을 보았다고 해도, "우리는 거의 아쉬워 하지 않았을 것이다.": 베네치아를 둘러싼 석호.

조반니와 바르톨로메오 부온, 카도로, 베네치아, 1430년.

한 나무가 몇 그루 서 있었겠지만, 여우의 굴과 울새의 둥지가 있었겠지만, 이것들이 톱과 삽에 의해서 사라진다고 해도 전에 이곳에서 살던 주민이 느끼는 슬픔은 잠시뿐이었을 것이다. 그 자리에 들어오기로 계획된 것이 적당한 보상 이상의 것이 될 것이라고 기대했기 때문이다. 세인트제임스 광장에는 데이지 들판을 멋지게 대신할 만한 것이 있으며, 칼턴 힐에는 심지어 나무도 감히 넘보지 못할 유형의 아름다움이 있으며, 로열 크레센트에는 어떤 냇물도 맞먹을 수 없는 고요가 있다. 윌리엄 모리스가 지적했듯이, 우리가 초기 베네치아에서 살아서 석호의 늪지—지금도 도시 외곽에서 볼 수 있는 그런 진흙색의 얼룩—가 거리와 운하로 바뀌는 모습을 보았다고 해도, "작은 섬 하나하나마다 건물이 올라가는 것"을 보았다고 해도, "우리는 거의 아쉬워하지 않았을 것이다." 모리스는 또 "옥스퍼드가 초기의 중심부인 오스니로부터 북쪽으로 뻗어나가고……위대한 칼리지와 고상한 교회들이 해마다 옥스퍼드셔의 풀과 꽃을 더 많이 가리는 것"을 보아도 별로 슬프지 않았을 것이라고 생각했다.

들 덕분에 우리의 집은 원래 그 자리에 있던 처녀지보다 열등하지 않을 수 있다. 벌레와 나무들 덕분에 그것들을 덮어버린 건축은 가장 지혜로운, 최고의 행복을 약속할 수 있다.

감사의 말

다음의 사람들에게 감사의 말을 전하고 싶다. 사이먼 프로서, 줄리 엣 미첼, 프란체스카 메인, 헬렌 프레이저, 톰 웰던, 스티브 마킹, 메리 제인 깁슨, 토머스 멘스, 리사 스주커, 조앤 니어마이어, 캘빈 머레이, 미리암 그로스, 도로시 스트레이트, 댄 프랭크, 니콜 아라기, 네일 크롬비, 캐롤라인 도네이, 샬럿 그리고 새무얼.

그림 출처

이 책 안의 사진과 자료들을 사용할 수 있도록 친절히 허락해주신 개인과 단체에 감사한다. 저작권사를 찾기 위해서 모든 노력을 기울였지만 혹시라도 잘못된 표기가 있을 경우에 알려주면 다음 쇄에 수정하여 제대로 된 출처를 밝힐 수 있도록 하겠다.

르 코르뷔지에의 모든 그림과 사진의 출처는 다음과 같다. © FLC/ADAGP, Paris, and DACS, London 2006. pp. 9, 62, 63, 64, 65, 66-67, 70r, 71, 73, 182, 274, 276, 277, 278

p.9 © FLC; p.15 © Digital Image Mies van der Rohe/Gift of the Arch./ MOMA/Scala © DACS, London 2006; p.21 Blathazar Korab; p.23 Bayerisches Haupstaatsarchiv; p.25 Nigel Young/Foster and Partners; p.28 BPK, Berlin; p.31 courtesy of Bernhard Leitner from 'The Wit tgenstein House' by Bernhard Leitner, Princeton Architectural Press, 2000; pp.34-35 Philippa Lewis/Edifice; p.36l A.F. Kersting; p.36r Gillian Darley/Edifice; p.37l A.F. Kersting; p.37r ©Crown Copyright/NMR; pp.39, 40 A.F. Kersting; p.41 ©www.visitrichmond.co.uk; p.42 A.F. Kersting; pp.44-45 Stapleton Collection; p.48t ©Crown Copyright/ NMR; p.50 Irish Architectural Archive; p.51 ©NTPL/Matthew Antrobus; pp.52-53 Institute of Civil Engineers; p.55 Cameraphoto Arte, Venice; pp.58-59 Foto Marburg; p.60 A.F. Kersting; p.65 ©FLC; pp.66-67, 70r ©FLC; p.70l Alain de Botton; p.71 DaimlerChrysler Classic, Corporate Archives; p.73 ©FLC; p.76t Bauhaus Archive; p.76c Bridgeman Art Library; p.76b Christie's Images; p.78 Palladium Photodesign, Barbara Burg/Oliver Shuh; p.79l Margherita Spiluttini; p.79r Jean Nouvel; p.81l Porcelain Museum, Porsgrunn, Telelmark; p.81r Bridgeman Art Library/Hermitage Museum; p.82 Michael Shanly Homes; p.83

©Nacasa & Partners; p.87 Bernhard Leitner; p.89 Henry Moore Foundation; p.90tl Tate Gallery ©ADAGP, Paris and DACS, London 2006; p.90tr Jasper Morrison Ltd; p.90cl Barford Sculptures ©photo John Riddy; p.90cr Alain de Botton ©DACS, London 2006; p.90bl Waddington Galleries/photo Prudence Cuming Associates ©Donal Judd Foundation/Vaga, NY/DACS, London 2006; p.90br Roland Halbe/ Artur; p.93 Sotheby's New York ©Bowness, Hepworth Estate; p.95br Christie's Images; p.96tl Gillian Darley/Edifice; p.96tr Hijjas Kasturi; p.96bl Kate Gibson; p.96br AKG Images; p.97 Philip de Bay; p.100tl Marc Newson/Ideal Standard; p.100tc bristan.com; p.100tr tapshop.co.uk; p.101 Chirstie's Images; p.103l Alinari; p.103r Foto Marburg; p.104t RIBA; p.104b Heinrich Heidersberger/Artur; p.106r ©Gordon Beal/O & M Ungers; p.107l Martin Charles; p.107r Johner, Photonica/Getty Images; p.108l A.F. Kersting; p.108r ©Crown Copyright/NMR; p.112 Philippa Lewis/Edifice; pp.114-115 James Morris; p.117 Bernhard Leitner; p.123l Alain de Botton; p.123r ©Jarrold Publishing and Westminster Cathedral, reproduced by permission of the publisher; p.125 Scala; p.126 Atelier Michel Jolyot; p.128t AKG Images/Gérard Degeorge; p.128b Werner Forman Archive; p.130 Alain de Botton; p.135 Agence Ingalill Snitt; p.136 Scottish National Galleries of Art; p.139 Fortean Picture Library; p.140 Lucinda Lambton/Arcaid; pp.143, 144-145, 146 Cameraphoto Arte, Venizia; p.148 A.F. Kersting; p.150 Henning Marks/Edifice; p.155 Roy.George@Goddes-Athena.org; p.156 BPK Berlin; p.158l Museum of Finnish Architecture; p.158r Christian Richter; p.160 Tony Morrison/South American Pictures; p.161 ©J. Paul Getty Trust. Used with permission. Julius Shulman Photography Archive, Research Library at the Getty Research Institute; p.162 Dr Petra-Liebl Osborne; pp.164-165 John Heseltin; p.166 Permission of the Trustees of the Wallace Collection; p.169 Courtauld Institute of Art; p.175tl Werner Forman Archive; p.175tr ©Agnes Martin, courtesy PaceWildenstein, New York/Christie's Images; p.175b Department of Antiquities, Cyprus; p.178t Courtauld Institute of Art; p.178b Filip Dujardin; p.180 Robert Harding Picture Library; p.182l Aargauer Kunsthaus, Aarau; p.185t ©FLC; p.185b Photo Richard Weston; p. 187l Lyndon Douglas; p.187r P. Kozlowski and T.

Cron; p.191 Margherita Spiluttin; pp.200–201 Jolly Hotel Lotti; p.203 Österreichische Nationalbibliothek ©Master and Fellows of Trinity College, Cambridge; p.206t Fritz von der Schulenburg/Interior Archive; p.206b RIBA; p.211 iStockphoto/Nancy Lou; p.212 Courtauld Institute of Art; p.213 Cameraphoto Arte Venezia; p.214l David Foreman/iStockphoto; p.214c Interior Archive; p.214r Agence Ingalill Snitt; pp.216-217 Krier Kohl Archives; p.218 Christian Richter; p.219t Ivar Hagendoorn; p.219b J. Kaman/Travel-Images.com; p.221 Klaus Kinold; p.223 Norman McGrath; p.225 Margherita Spiluttini; p.227 Jan Bitter; p.228 Agence Ingalill Snitt; p.230 FBM Design; p.233 Ian Lawson; p.235l Domenic Mischol/Andreas Kessler; p.235r A.F. Kersting; p.236l Alan Delaney/Hopkins Associates; p.236r Santiago Calatrava; p.238l Paul Rocheleau; p.238r Václav Sedy; p.239l Dennis Gilbert/View; p.239r A. F. Kersting; p.240l Alain de Botton; p.240r Musée d'Orsay/Bridgeman Art Library; p.242 Courtauld Institute of Art; p.243r Richard Weston; p.245 Alain de Botton; p.247 Courtauld Institute of Art; p.249l Janos Kalmer; p.249r Pino Guidolotti; p.251t Alain de Botton; p.251b Huis Ten Bosch Co. Ltd; p.253 Monkeydave.com; p.255l François Jordaan and Kelly Henderson http//japanjordaan.net/; p.255r Ribersute Co. Japan; p.257 Alain de Botton; p.259 François Jordaan and Kelly Henderson; p.260 Alain de Botton; p.261 Dennis Gilbert/View; p.264 ©Marcel Gautherot/Instituto Moreira Salles Collection; pp.264-265 David Robson; pp.268–269 ©photo Katsuhisa Kida/ Takaharu and Yui Tezuka, Tezuka Architects; p.271 Shinkenchiku-Sha; p.272l Janine Schrijver; p.272r Jan Bitter; p.276 ©FLC; p.289 Bernhard Leitner; p.290 Duncan P. Walker www.walker1890.co.uk; pp.295, 296 Guildhall Library, Corporation of London; p.301l Fujita Museum of Art; p.301r Mitsui Bunko Collection; p.304 Ignacio Martínez; pp.308, 309 Cameraphoto Arte Venice

역자 후기

알랭 드 보통이 어떤 면에서는 대단히 실용적인 글을 쓰는 사람이라는 것은 옮긴이만의 생각이 아닐 것이다. 드 보통의 글의 중심에는 늘 "나"가 있다. 드 보통 자신의 말을 따르자면 이 "나"도 하나가 아니라지만, 어쨌든 드 보통이 자신의 글에서 보통 제시하는 "나"는 낭만적으로 미화되거나 극화된 "나"도 아니고, 무슨 대단한 일이나 하는 것처럼 허세를 부리는 "나"도 아니다. 지극히 일상적인 "나"이다. 오히려 평소보다 약간 더 찌무룩하고 약간 더 속이 좁아 보여 위악적인 느낌마저 들 정도이다. 드 보통의 글의 목적은 이 "나"를 어떤 의미에서든 조금 더 나은—이 표현이 마음에 들지 않는다면 "더 행복한"으로 바꾸어도 될 것 같다—"나"로 바꾸거나, 혹은 대체하는 것이다. 그런 의미에서 매우 실용적이라는 것이다.

이것은 옮긴이가 접해본 드 보통의 몇 권의 책에 다 해당되는 이야기이며, 심지어 가장 객관적인 느낌을 주는 『불안』도 예외는 아니었다. 따라서 드 보통은 눈앞의 풍경 하나, 건물 하나도 그냥 객관적으로 묘사하고 끝나는 법이 없다. 몇 번의 우회로를 거치더라도 대개는 "나"로 돌아와 더 나은 "나"를 바라보기 마련이다. 대상—예를 들면 우리가 무심코 스쳐가는 전광판 하나라도—이

드 보통의 "나"에게서 더 나은 "나"로 나아가는 회로 속에 자리를 잡으면 완전히 새로운 의미와 새로운 관련을 부여받게 된다. 물론 그때부터 전광판을 바라보는 우리의 생각과 감각의 회로도 바빠지기 시작한다.

따라서 드 보통이 건축에 관한 책을 썼다는 이야기를 들으면 우리는 기존의 독서 경험에 의지하여 어떤 기대를 하게 된다. 예를 들면 이런 대목이다.

우리는 환경이 우리가 존중하는 분위기와 관념을 구현하고, 우리에게 그것을 일깨워주기를 은근히 기대한다. 건물이 일종의 심리학적 틀처럼 우리를 지탱하여, 우리에게 도움이 되는 우리 자신의 모습을 유지해주기를 기대한다. 그래서 우리 내부에 필요한 것—그러나 필요하다는 사실 자체를 잊을 위험이 있는 것—을 표현해주는 물질적 형태들을 주위에 배치한다. 벽지, 벤치, 그림, 거리가 우리의 진정한 자아의 실종을 막아주기를 기대한다. 어느 장소의 전망이 우리의 전망과 부합되고 또 그것을 정당화해준다면, 우리는 그곳을 "집"이라는 말로 부르곤 한다.

역시 드 보통다운 이야기 방식이다. 우리는 이 책에서 드 보통의 글쓰기 방식이 건축이라는 '전문적'인 분야를 만났을 때 어떤 위력을 발휘하는지 똑똑히 보게 된다. 물론 드 보통의 이야기가 전문적인 식견을 바탕에 깔고 이루어진다는 사실은 굳이 덧붙일 필요도 없을 것이다. 중요한 점은 드 보통의 건축 이야기는 그런 전문적인 지식이 완전히 소화된 상태에서 나오는 이야기이고, 바로 그런 점 때문에 우리도 단순히 지식을 얻거나 대상을 관찰하는 것이 아니라 우리 나름으로 실용적인 방식으로 건축과 그 이야기에 참여하게 된다는 것이다. 또 한 가지 중요하고도 즐거운 점은 이번 책에서도 드 보통이 더 나은 "나"를 넘어 더 나은 "우리"를 향한 지평을 열어가는 모습이 눈에 띈다는 것이다. 건축을 이야기하려면 당연히 그래야 하는 것인지도 모르지만.

정영목

찾아보기

행복의 건축